从阿拉木图到大不里士

穿越中亚

小重山 著

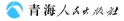
青海人民出版社

图书在版编目（ＣＩＰ）数据

穿越中亚 : 从阿拉木图到大不里士 / 小重山著 . --
西宁 : 青海人民出版社 , 2024.1
ISBN 978-7-225-06637-0

Ⅰ . ①穿… Ⅱ . ①小… Ⅲ . ①散文集－中国－当代
Ⅳ . ① I267

中国国家版本馆 CIP 数据核字 (2023) 第 211706 号

穿越中亚

——从阿拉木图到大不里士

小重山　著

出 版 人　樊原成
出版发行　青海人民出版社有限责任公司
　　　　　西宁市五四西路 71 号　邮政编码：810023　电话：（0971）6143426（总编室）
发行热线　（0971）6143516 / 6137730
网　　址　http://www.qhrmcbs.com
印　　刷　深圳市国际彩印有限公司
经　　销　新华书店
开　　本　890 mm×1240 mm　1/32
印　　张　10.75
字　　数　300 千
版　　次　2024 年 1 月第 1 版　2024 年 1 月第 1 次印刷
书　　号　ISBN 978-7-225-06637-0
定　　价　58.00 元

版权所有　侵权必究

自序：世界文明的心脏

　　粟特人赶着骆驼商队从长安出发，至敦煌后继而向西，穿过塔克拉玛干沙漠，翻越葱岭，进入中亚腹地；然后经过伊朗高原，最后抵达地中海沿岸。所谓中亚，通常指哈萨克斯坦、吉尔吉斯坦、塔吉克斯坦、乌兹别克斯坦、土库曼斯坦等五国，还有个"大中亚"概念，包括西域、中亚五国和伊朗高原。那么，我们不妨先做个地理的、文化的丝绸之路攻略。

　　一位西方学者说，中亚是全世界的心脏。就位置而言，中亚也是欧亚大陆的中心。如果将古丝绸之路分为中国、中亚和波斯三段，中亚就是贯通东西方的走廊，是衔接点和交汇地。按照地理特点，中亚五国分东西两部分，东部是高原山地国家，包括吉尔吉斯斯坦、塔吉克斯坦；西部为草原沙漠国家，包括哈萨克斯坦、乌兹别克斯坦、土库曼斯坦。其中七河地区（Zhetysu）、费尔干纳（Fergana）盆地、河中地区（Transoxiana）是中亚最早的定居点。因为河流纵横，孕育出像阿拉木图、比什凯克、塔什干、撒马尔罕、杜尚别这样的大城市。

"七河"指流向巴尔喀什（Balkhash）湖的七条河流，即巴尔喀什湖以南、伊塞克（Issyk）湖和楚河为中心的周边地区，包括哈萨克斯坦阿拉木图（Almaty）州和江布尔（Zhambul）州、吉尔吉斯斯坦和中国新疆伊犁一带。其中伊犁河最大，约占水流总量的 70%，所以又叫伊犁河谷。七河地区前后历经过七次由东向西的民族大迁徙，如大月氏、古乌孙、北匈奴、葛逻禄、回鹘、契丹、蒙古等。

费尔干纳是锡尔（Syr）河流域的绿洲盆地，历史上长期被大宛统治，唐以后中国史书用其音译拔汗那，现大部分属乌兹别克斯坦。

锡尔河和阿姆（Amu）河是著名的"中亚两河"，均注入咸海，两河之间古称河中地区。人口主要集中于泽拉夫尚（Zeravshan）河、卡什卡（Kashka）河流域和阿姆河下游，撒马尔罕（Smarqand）和布哈拉（Buxoro）是中世纪最耀眼的粟特（Sogdiana）城市。

何谓"斯坦"？中亚地区的"斯坦"出自古波斯语，意为"……之地"。波斯萨珊（Sassanid）王朝扩张，使得"斯坦"流行于中亚。

最早的文字记载，从南俄草原到帕米尔高原曾经都是塞人的牧场。中国史书中通常将河中地区从事商业和农耕的部落叫粟特人，而将钦察草原和帕米尔高原的游牧部落称塞人，而印度人和波斯人统称他们为"萨喀"（Saka）。萨喀人操东伊朗语，与波斯人和印度人一样，源自雅利安游牧部落。

公元前6世纪，波斯阿契美尼德征服中亚，建立起横跨亚非欧三洲的帝国。公元前330年，马其顿亚历山大击败波斯。亚历山大死后，他的帝国分裂，部将塞琉古（Seleucus）建立以叙利亚为中心的希腊化国家。希腊人的征服，对中西亚政治文化影响很大。公元前3世纪中叶，帕提亚（Partia）、巴克特里亚（Bactria）相继宣布独立。

帕提亚即中国史书所称安息。安息灭塞琉古，统治波斯5个多世纪。公元前121年汉使访问安息，其王派2万骑兵到东部边境迎接，丝绸之路贯通，史称"凿空西域"。汉使回国时，安息王遣使献"大鸟卵"和"黎轩眩人"。安息人是商业奇才，通过中转贸易和对出入境的丝路商旅抽税而致富。

巴克特里亚王国统治中亚和北印度百余年，最后被南迁的塞人和月氏所灭。公元前3世纪，游牧于中国西北部的月氏被匈奴击败，大月氏第一次南迁。七河地区的塞人被迫分散，一部分征服巴克特里亚希腊王国建立大夏，一部分进入克什米尔建立罽宾（Kophen）王国。未几，大月氏又被乌孙和匈奴联军打败，只好再次南迁，侵占塞人所建大夏。

正是大月氏的两次迁移，促成张骞出使西域，打通丝绸之路。大月氏所建贵霜（Kushan）帝国，以蓝氏城（Balkh）为中心，统治粟特地区和北印度达 370 年，与当时的汉朝、安息、罗马共雄，著名的犍陀罗（Gandhara）艺术即产生于这一时期。

之后，汉朝和罗马帝国先后进入国家动荡分裂时期。公元 224 年，安息被萨珊王朝取代。公元 425 年，贵霜在嚈哒（Hephthalite）、印度和波斯联合攻击中灭亡，嚈哒人短暂控制中亚。同时，波斯萨珊征服中亚，隋朝统一中国。这一时期，塔什干、撒马尔罕、布哈拉等城市空前繁荣。

6 世纪中叶，来自蒙古高原的突厥部落崛起。突厥汗国（Turkic Khaganate）鼎盛时期疆域广阔，纵横中亚长达百年。突厥商业发达，粟特人是丝绸之路上最重要的国际商人。

7 世纪前后，突厥被唐朝所灭，唐朝势力进入中亚。高宗显庆四年（659），"九月，诏以石、米、史、大安、小安、曹、拔汗那、恺怛、疏勒、朱驹半等国置州、县、府百二十七"。

龙朔元年（661），"六月，癸未，以吐火罗、嚈哒、罽宾、波斯等十六国置都督府八，州七十六，县一百一十，军府一百二十六，并隶安西都护府"。盛唐是中华民族最辉煌的时代，长安是真正的世界文化中心。

突厥原为柔然"锻奴"，使用突厥语，在中亚定居，接受当地宗教，反过来使当地突厥化。突厥人后来又建立起两个强大的帝国，塞尔柱（Seljuq）和奥斯曼（Osman）。黑汗王朝时期，由于大批突厥语的游牧民转入定居，加快了中亚民族突厥化的进程。

7世纪开始，阿拉伯帝国崛起，击败波斯萨珊，征服中亚。怛罗斯（Talas）之战后，唐朝逐渐退出中亚，河中地区开始伊斯兰化。哈里发（Khalifah）时期，阿拉伯先后建立过倭马亚（Umayyad）和阿拔斯（Abbasid）两个王朝，即中国文献中的白衣大食和黑衣大食。

阿拔斯王朝时期，哈里发已经有名无实。9世纪晚期，波斯人以布哈拉和撒马尔罕为中心建立萨曼（Samanid）王朝，几乎吞并整个中亚。萨曼王朝推行伊斯兰教，中亚地区进一步伊斯兰化。萨曼王朝被阿富汗加兹尼（Ghaznavid）和费尔干纳黑汗（Qara Khanid）王朝所灭。突厥塞尔柱（Seljuq）崛起，开始统治中东和半个中亚。

中国北宋末年，契丹（Khitay）被金人所灭。其残余势力西迁，征服河中地区，消灭黑汗王朝，瓦解塞尔柱帝国，建立西辽（Qara Khitay）。随后咸海南岸的花剌子模（Khorezm）兴起，灭西辽和塞尔柱，征服中亚、波斯及两河流域。

萨曼、塞尔柱、黑汗、西辽、花剌子模先后称霸中亚，但名义上还服从阿拉伯哈里发。13 世纪崛起的蒙古人不管这一套，像推土机一样，将所有一切荡平。

成吉思汗崛起时，中亚已基本突厥化，连蒙古鞑靼人也不例外。有突厥血统的帖木儿（Temur），征服中亚，建立帖木儿帝国。16 世纪乌兹别克汗国兴起，但随后分裂为希瓦（Hiva）、布哈拉（Bukhara）和浩罕（Kokand）三汗国。18 世纪前后，吉尔吉斯人来到安集延（Andijan）和楚河谷地间。

中亚民族来源复杂，但基本可以分为突厥系、波斯系和鞑靼系。7 世纪以前是波斯人的天下，而后突厥信奉伊斯兰教，以利于统治。如今，生活在中亚的土库曼、哈萨克、乌兹别克和吉尔吉斯等主要民族都是突厥语族。曾经遍布中亚草原的波斯语族，如今只有塔吉克人……

19 世纪以后，这里历史风云变幻，兴盛了近 2000 年的古丝绸之路逐渐没落于漫漫黄沙之中。进入 21 世纪，随着中国"一带一路"倡议的提出，丝绸之路、中亚再次进入人们的视野。十年来"一带一路"建设硕果累累并得到世界各国的赞赏，这是"中国智慧"向世界的再次证明。

读到这里，想必您已经能勾勒出中亚的轮廓。如果觉得这篇文章有点枯燥，且往后放，只要记住对中亚影响最大的波斯、突厥、阿拉伯、蒙古和苏联五个阶段就行。其他内容，在需要查阅历史顺序时，不妨再翻到这一页。

二〇二三年二月
广州南沙

目　录
c o n t e n t s

chapter 1
阿拉木图，中亚湿岛

乌孙故土　　　　　　　　　　　　　　　1

塞种人武士　　　　　　　　　　　　　　10

西突厥驿站　　　　　　　　　　　　　　18

chapter 2
碎叶城，李白故里

李白出生地　　　　　　　　　　　　　　27

碎叶城荒　　　　　　　　　　　　　　　32

chapter 3
塔什干，石国都城

大宛都督府　　　　　　　　　　　　　　41

大月氏西迁　　　　　　　　　　　　　　48

星期四吃抓饭　　　　　　　　　　　　　55

chapter 4
撒马尔罕，康国沃土

粟特人善商贾   61

苏丹是个科学家   69

帖木儿陵   77

与"康国人"喝一杯   86

武则天乘龙舟   90

chapter 5
沙赫里萨布兹，帝国陪都

西南行三百余里至史国   99

chapter 6
布哈拉，学术重镇

中世纪城市   109

布哈拉全景   110

布哈拉历史中心   118

丝绸香料节   125

chapter 7
希瓦，太阳之国

悲哉，花剌子模   133

最后的奴隶交易中心   140

热闹的古城   149

chapter 8
彭吉肯特，粟特城市   152

城主姓昭武   153

1

萨拉子目公主 159

永徽时为大食所破 169

chapter 9
苦盏，西端锁钥

翻过突厥斯坦山 179

星期四集市 187

chapter 10
杜尚别，月季花城

普希金大街 4 号 197

杜尚别，带泪的月季 202

chapter 11
木鹿城 ，沙漠绿洲

通往西亚和南亚 211

chapter 12
马什哈德，礼萨圣地

什叶派穆斯林圣城 221

礼萨圣地 225

陶瓷集散中心 231

chapter 13
设拉子，诗人故乡

诗歌和葡萄酒 239

居鲁士王 245

名妓毁城? 波斯波利斯的倒掉 255

chapter 14
亚兹德，风塔之城
　　拜火教圣地　　　　　　　　　　　267
　　风塔与坎儿井　　　　　　　　　　275

chapter 15
伊斯法罕，贸易中心
　　伊斯法罕半天下　　　　　　　　　281
　　基督教社区　　　　　　　　　　　288

chapter 16
德黑兰，西亚暖城
　　从巴列维到霍梅尼　　　　　　　　293
　　波斯宝藏　　　　　　　　　　　　295

chapter 17
哈马丹，米底国都
　　伊米底古城　　　　　　　　　　　305
　　楔形文字"藏宝书"　　　　　　　309
　　最后的犹太人　　　　　　　　　　315

chapter 18
大不里士，西北门户
　　世界第一大巴扎　　　　　　　　　321

后记：穿越中亚　　　　　　　　　　　331

chapter 1

阿拉木图，中亚涅伊

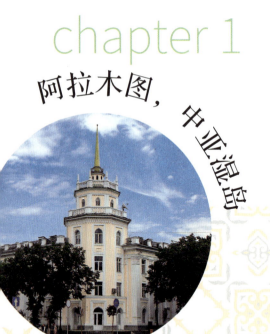

chuanyue zhongya

乌孙故土

"啊，你是王？欢迎欢迎！"陀螺似的女主人丰满圆润，满脸堆笑，夸张地一边用英语叫嚷，一边将我往屋里让。她丈夫在旁边插不上嘴，便微笑着点头致意，算是打过招呼。

"谢谢，是我是我，总算找到'家'了。"我心里暗想，这哈萨克人（Kazakh）的待客之道还真和中国差不多。便也不客气，随她走进一间空屋子，先放下背上的登山包，解除重负。

沿丝路西行，出新疆，于一个夏天的傍晚，走进哈萨克斯坦故都阿拉木图。这是我在网上订到的苏联式公寓，位于门迪库诺夫（Mendikulov）街43号，离哈萨克斯坦国家博物馆四五百米。阿拉木图的道路是典型的苏联风格，宽阔笔直，我用手机地图硬是直接找到这家公寓门口。看来，今后两天我得和他们住在同一个屋檐下。实际上，联系人是她儿子阿迪力（Adil），在德国工作。

一盏茶的工夫，我大概了解了这个家庭的组织结构，也

1

鸟瞰阿拉木图

很庆幸能够和阿拉木图人朝夕相处。她是哈萨克人，有个突厥化的名字——卡米莉亚（Kamilya），身形微胖，画着很深的眼线，酷似影视作品中的"包租婆"，英语说得比我好。除了远在德国的儿子，她还有个在日本留学的女儿。说到孩子，卡米莉亚很骄傲，赞不绝口，说她女儿会说好几个国家的语言。

哈萨克人的房间布局和中国普通家庭类似，两室一厨一卫，客厅与厨房相连。客厅里一套漂亮的漆器引人注目，还有来自中国的茶叶罐。从满屋摆放的书籍来看，显然是高级知识分子家庭。温文尔雅的男主人不会说英语，我们的交流只能用手势或者由卡米莉亚翻译。

卡米莉亚喜欢旅游，给我看她在北京和东南亚留下的照片和各种纪念品。按理，哈萨克斯坦是中亚最富的国家，像他们这样的家庭，至少是哈萨克斯坦的中产阶级，不应该将居所改成旅馆来赚那点儿小钱。说到"钱"的事，卡米莉亚便哭起穷来，她说阿拉木图收入低，物价高。我对此也只能默不作声。

因为比中国晚三个小时，此际还不到晚上七点，而九点以后太阳才落山。她邀我共进晚餐，边说边去厨房帮男主人做饭。我便翻开房间里的几本画册，随意浏览。

哈萨克人的历史不长。在张骞凿空西域时，还没有"哈萨克"的概念。从有文字记载的历史来看，公元前三世纪以前，斯基泰人（Scythians）游牧于中亚地区和钦察（Kipchak）草原，中国典籍称其为"塞人"或"塞种人"。他们留下许多古冢，在阿拉木图附近出土的"金人"，是哈萨克斯坦的国宝，也是民族的象征。

公元前2世纪，原游牧于中国祁连、敦煌间的乌孙被月氏打败，乌孙王昆莫难兜靡被杀，部族只得西迁至伊犁河流域巴尔喀什湖东南。王子猎骄靡在匈奴人的帮助下赶走月氏，以今吉尔吉斯斯坦伊什提克（Yshtyk）的赤谷城为都建立乌孙国，其地包括现在哈萨克斯坦东南、吉尔吉斯斯坦和中国新疆部分地区，所以今天的阿拉木图州也算是乌孙故土。

《汉书》记载，难兜靡遇害时，"子昆莫新生，傅父布就翎侯抱亡置草中，为求食，还，见狼乳之，又乌衔肉翔其旁，以为神，遂持归匈奴，单于爱养之"。冒顿单于怜悯猎骄靡，将他抚养成人。猎骄靡长大后，"自请单于报父怨"。在匈奴的帮助下，赶走伊犁河流域的月氏人，约在西汉文帝时重建乌孙，占据七河地区丰茂的绿洲草场。月氏被迫再次南迁，退入大夏，是为大月氏。张骞第一次出使西域的目的，就是想与大月氏联合，以夹击共同的敌人匈奴。

元狩四年（公元前119年），汉朝大破匈奴，"而金城、河西并南山至盐泽空无匈奴"。张骞建议汉武帝拉拢乌孙，"可厚赂招，令东居故地，妻以公主，与为昆弟，以制匈奴"。张骞第二次出使西域，因乌孙内讧，也没有达成目标。但汉武帝却记得"断匈奴右臂"，先后送细君、解忧两位公主远嫁乌孙，最后促成乌孙与汉朝结盟，共同对抗匈奴。匈奴衰落后，乌孙再发内乱，国力衰弱，成为西汉属国。

《汉书·西域传》说："两昆弥皆弱。"东汉以后的史籍对乌孙记载甚少，北齐魏收所著的《魏书》曰："乌孙国，居赤谷城，在龟兹西北，去代一万八百里。其国数为蠕蠕所侵，西徙葱岭山中，无城郭，随畜牧逐水草。"公元五世纪前后，柔然（蠕蠕）崛起，成为新的草原霸主。乌孙挡不住柔然的侵袭，或融入当地，或向南退入帕米尔高原，融入塞人。

苏联学者认为，乌孙文化是对塞人文化的继承和发展，称"塞人—乌孙文化"。可见自张骞凿空西域，开辟丝绸之路，中国与沿线国家就已经往来频繁，成为重要的合作伙伴。

6世纪以后，哈萨克斯坦南部的统治势力如同走马灯般转换，突厥、萨曼、黑汗、西辽，来了一拨又一拨，你方唱罢我登场。13 世纪，蒙古铁骑像风一样掠过草原，席卷亚欧大陆。成吉思汗死后，从花剌子模到今莫斯科的广阔土地被其长子术赤（Jochi）继承，称金帐汗国；今天的哈萨克斯坦大部分地区被他的二儿子察合台（Chaghatai）继承，即察合台汗国。

公元 1312 年，一位叫乌兹别克（Uzbek）的穆斯林领袖成为金帐汗国第九位大汗。他推行伊斯兰教，被现代乌兹别克斯坦奉为国父。14 世纪末，突厥化蒙古人帖木儿征服中亚诸国。1468 年，一场内斗使乌兹别克人分裂为锡尔河以南的昔班尼（Shaybani）和北方草原上的哈萨克（Kazakh）。突厥语中，"哈萨克"意为"自由的骑士""冒险家"或"脱离者"。16 世纪初，哈萨克部族基本形成，分为大、中、小三玉兹（Juz）。"玉兹"是哈萨克语"地区"的意思，清朝消灭准噶尔后，三玉兹归附。

19 世纪，沙皇俄国开始扩张，哈萨克汗国和其他中亚邦国一样被侵吞。1936 年，哈萨克成为苏联加盟共和国成员，1991 年 12 月 16 日，哈萨克斯坦共和国宣布独立。

从历史上看，哈萨克人的远祖比较复杂，包括塞人、乌孙、奄蔡、月氏、突厥等不同种族，但"哈萨克"一词约出现于15 世纪，成为国家和民族认同的象征。实际上，因为苏联统治，哈萨克斯坦最初以俄罗斯族人数为多。独立后，政府曾号召全球哈萨克人回归，现在哈萨克族占总人口的 60%，俄罗斯族占 34%，其余为鞑靼人（Tatar）、日耳曼人（Germani）和中亚其他民族。

"王，吃饭啦。"卡米莉亚叫道。传统哈萨克人男尊女卑，但她的爱人是个"暖男"，主动承担家务。按照中国的习惯，我应该称卡米莉亚为大姐，但用英语似乎不妥，难免有些尴尬。

"哇，这么丰盛，"我由衷地称赞，"非常感谢啊！"

卡米莉亚给我一杯红茶，招呼我上桌，与他们共进晚餐。这大抵是哈萨克人的日常伙食，有鱼肉、沙拉、面包、土豆及各种酱料，分别盛放在大盘里，每人再用一个小盘，各取所需。但与中国的煎、炸、炒、煮不同，他们的饮食有点西化，没有"热气腾腾"的概念。

我们聊旅游、聊历史，甚至聊苏联。她极力推荐撒马尔罕的雷吉斯坦（Registan）广场，叮嘱我一定要去参观。

餐毕，卡米莉亚拉着我自拍一番，说是要将照片发给她朋友。

共和国广场前的雕塑，中央柱顶即为金色武士

塞种人武士

清晨，一阵鸟叫声将我从睡梦中惊醒。拨开窗台边的花草向外张望，发现楼下的椅子上有对情侣，女人像猫咪一样依偎在男子的怀里，卿卿我我，怪甜蜜的，我不禁笑了。阿拉木图号称"中亚湿岛"，是座苏联风格的花园城市，街道宽阔，市容整洁。五月的时候，花草茂盛，树木葱茏，正是谈恋爱的季节。

阿拉木图始建于 19 世纪中叶，最初是俄罗斯哥萨克（Cossack）军队在天山脚下所筑的城堡（Zailiysky），为流放犯人的偏远荒蛮之地，据说大文豪列夫·托尔斯泰曾被发配于此。这座城堡后来成为沙俄"突厥斯坦总督区"的行政中心，因周围盛产苹果，1921 年改称"阿拉木图"（Alma-Ata），即"苹果林"或"苹果城"。1929 年，阿拉木图成为哈萨克苏维埃社会主义共和国首都。1991 年 12 月，苏联 11 个加盟共和国在此签署了举世瞩目的《阿拉木图宣言》。

苏联解体后，阿拉木图成为独立的哈萨克斯坦共和国的首都。六年后，首都迁往北方城市阿斯塔纳，但阿拉木图仍然是哈萨克斯坦的经济和文化中心，也是中亚最现代化的城市。当然，哈萨克斯坦的金融秩序也是值得称道的，银行及各换汇点都能兑换到哈萨克斯坦坚戈（Tange），1美元兑换350坚戈。

早餐后，卡米莉亚递给我一把钥匙，我就出门了。现在哈萨克斯坦对中国公民有72小时免签政策，所以我计划只在阿拉木图停留2天。

阿拉木图南高北低，南边是阿拉套（Alatau）山脉，可以看到连绵的雪峰。从南到北，有国家博物馆、共和国广场、阔克托比（Kok-Tobe）、阿拜（Abay）国家学术歌剧和芭蕾舞剧院、潘菲洛夫（Panfilov）公园、绿色（Zelyony）市场、中央清真寺等名胜。规划好线路，我决定徒步前往，将所有景点一网打尽。

城南有条冼星海（Si Sinkhay）街，距我所住寓所不远，便信步而往。街道只有四五百米长，尽头是冼星海纪念碑。碑上镶嵌金色的冼星海头像，下部镌刻他创作的乐曲。碑身用中、哈、俄三种文字刻着："谨以中国杰出作曲家、中哈友谊和文化交流使者冼星海的名字命名此街为冼星海大街。"

1942 年底，冼星海从苏联回国受阻，辗转流落到阿拉木图。当时他举目无亲，居无定所，贫困交加中遇到当地著名音乐家拜卡达莫夫（Baikadamov），在这里度过他生命中最艰难的一段时光。1998 年 10 月，阿拉木图将与拜卡达莫夫街相邻的一条路改名为冼星海街，以纪念这位著名的音乐家。

国家博物馆没有开门，我便直接去共和国广场。这里有一组很奇特的雕塑：两座"骑马的孩子"，一座"大地母亲"，一座"智慧之父"，围绕着高耸入云的独立纪念碑。后面十幅浮雕，描绘哈萨克民族从远古至独立建国的发展历程和重大事件。独立纪念碑也叫金色勇士纪念碑，高 28 米，顶端站在飞豹上的武士雕像高达6 米。据说原件存放在国家博物

雪山脚下的阿拉木图

馆里，不对外展出，游人只能看到复制品。

"金色勇士"很有来头，于1969年发掘自阿拉木图东南60公里外伊塞克附近的古墓，身穿由4000多片纯金叶片制成的礼服，很多叶片刻着动物图案，戴一顶70厘米的高帽子，手持弓箭。考古专家认为，金人是公元前五世纪的斯基泰武士，由奢华的陪葬品推断，可能是王族。也有学者认为金人是女性武士，因斯基泰属女性文明，如杀死波斯居鲁士（Cyrus）大帝的女王托米丽丝（Tomyris），就是马萨革泰（Massagetai）人。通常认为，斯基泰是希腊人的称呼，而塞种人（或塞人）是中国古代的叫法。马萨革泰是斯基泰（塞）人的一支。金人出土后，便很快成为哈萨克斯坦国家和民族的象征。

向东再向北，经过哈萨克斯坦旅馆，在舍甫琴科街与普希金街附近有许多苏联时期的建筑，包括普希金纪念馆和科学研究院，还有一座按中国十二生肖建造的喷泉。

苏俄设计的城市，街道宽阔，布局合理。通常中间是人行道，两边为绿化带，再两边才是车行道。绿化带花草茂盛，树木婆娑，行走其间就像逛公园。

我向来以为"斯坦"国还在"骑着马儿游四方"，或者满街都是清真寺和黑衣蒙面的穆斯林。但如今的阿拉木图干净整齐，美女如云，衣着时尚，完全是一个激情四射的世俗国家，彻底颠覆了我最初的印象。

在阿拜国家学术歌剧和芭蕾舞剧院，我居然遇到熟人——航班上相聊甚欢的金奇先生。我们几乎同时喊："是你呀！"原来下午六点有芭蕾舞剧《吉赛儿》，他前来买票。简短问候，便挥手告别。我也买了这个时间的票，然后继续北行。

阿拉木图最重要的景点是潘菲洛夫公园，其中战争纪念碑、赞可夫（Zankov）教堂和乐器博物馆等值得多花点时间参观。

公园以莫斯科战役中的英雄潘菲洛夫命名。苏德战争爆发后，苏联紧急从后方征兵，组建新的部队开赴前线。由哈萨克人和吉尔吉斯人组成三一六步兵师，潘菲洛夫少将担任师长。1941年11月，该师编于第十六集团军，参加莫斯科战役。据苏军后来报道，11月15日的一次局部战斗中，三一六师的28名步兵，顶住德军第十一装甲师的进攻，摧毁德军的18辆坦克，战斗至最后一人。随后这28名烈士，被集体授予"苏联英雄"称号。

战争纪念碑为"二十八勇士"高举手雷扑向敌坦克的雕像。战后苏军调查，发现这28人并没有全部阵亡，至少有7人存活，但因为"二十八勇士"的英雄事迹过于轰动，苏军依旧称其为"二十八勇士"。不幸的是，那次战斗三天后，一群苏联记者来三一六师采访，他们告诉潘菲洛夫将军，由于在莫斯科战役中的出色表现，他的师将改称"第八近卫步兵师"，命令当天生效。当记者们纷纷祝贺时，师部遭到德军迫击炮袭击，潘菲洛夫将军当场阵亡，正所谓"祸兮福所倚，福兮祸所伏"。

雕塑底座刻着："我们已无退路，因为莫斯科就在我们身后。"前面是狭长的黑色大理石祭坛，一团永不熄灭的火焰，旁边几束玫瑰花，再加雄壮的苏联歌曲，使园林显得庄严肃穆。

往前几步，有座漂亮的绿顶木头建筑，即乐器博物馆。馆内收藏许多哈萨克传统乐器：竖琴、喇叭、风笛，以及各种各样的冬不拉。一个展厅里还摆着几尊古拙可爱的草原石人。

旁边应该还有座兵器博物馆，但我没找到。遇见几个话剧演员，见他们嘴角画着胡子，头上戴着假发，煞是幽默，便抓住他们拍照。

歌剧《吉赛儿》剧照

赞可夫教堂建于 1904 年，以设计师赞可夫的名字命名，是阿拉木图的东正教总部。教堂为全木结构，有华丽的圆顶。1911 年，阿拉木图遭遇地震，据说当时全城的建筑都被毁坏，只有赞可夫教堂得以幸存。这座建筑在苏联时期被当作博物馆和音乐厅，哈萨克斯坦独立后作为教堂使用。

教堂前许多鸽子，游人走过，扑扑惊起，又旋即落下。这里是孩子们的乐园，有些踩着滑板滑来滑去，有些骑着小矮马绕着教堂转圈。教堂内部正在装修，圣像和壁画色彩鲜艳，精美绝伦。不时有人进来点燃蜡烛，然后祈祷，在胸前画十字。阳光从彩色玻璃窗投射下来，地板上一片斑斓。一位姑娘正在看书，从封面看，应该是俄文版《圣经》。

继续北行，就是阿拉木图著名的绿色市场。其实就是大巴扎，里面的摊位店铺，分门别类，堆成小山样的干果尤其显眼。

阿拉木图的街道命名很执着。比如普希金街，本来在潘菲洛夫公园处断头，但穿过公园与之相对的还叫普希金街。沿普希金街前行，就是金色圆顶的中央清真寺，据说也是全国最大的清真寺。

时间已经不早，找到一家网红咖啡馆。略坐片刻，便返回阿拜国家学术歌剧和芭蕾舞剧院，观看《吉赛儿》。

西突厥驿站

在第 38 届世界遗产大会上，中国、哈萨克斯坦、吉尔吉斯斯坦三国联合对"丝绸之路：长安—天山廊道的路网"申报世界遗产。结果有 33 处遗址被列入《世界遗产名录》，其中哈萨克斯坦阿拉木图州 3 处，即开阿利克（Koylyk）、卡拉摩尔根（Karamergen）、塔尔加尔遗址；江布尔州塔拉兹附近 5 处，即库兰（Kulan）、奥尔内克（Ornek）、科斯托比（Kostobe）、阿克亚塔斯（Akyrtas）、阿克托贝（Aktobe）遗址。

考古认为，这些遗址最早建于六世纪，多为丝绸之路上的商贸城镇，反映出当时西域诸国的城市风貌、宗教文化，以及游牧部落和定居文明交流融汇的过程。唐天宝十年（751 年），当时世界上最强的两个帝国——大唐和大食，在今天塔拉斯河畔的怛罗斯发生碰撞，史称"怛罗斯之战"。

《资治通鉴》载："仙芝闻之，将蕃、汉三万众击大食，深入七百余里，至怛逻斯城，与大食遇。相持五日，葛逻禄部众叛，与大食夹攻唐军，仙芝大败，士卒死亡略尽，所余才数千人。右威卫将军李嗣业劝仙芝宵遁。道路阻隘，拔汗那部众在前，人畜塞路；嗣业前驱，奋大梃击之，人马俱毙，仙芝乃得过。"

此役唐军大败。阿拉伯人的记载说双方参战人数相若，约十万众，但一致承认高仙芝失败的主要原因是"葛逻禄部众叛"。实际上，此役对双方影响都不是很大，大食没有继续深入扩大战果。姑且不提补给线拉长给大食所带来的麻烦，还得提防背后的波斯人和"昭武九姓"。"昭武九姓"是世居祁连北昭武城内的月氏人，被突厥击破后，西迁至葱岭以南所建的九个国家，因其王分别以康、安、曹、石、米、何、火寻、戊地、史为姓，故中国史籍称其为"昭武九姓"。

怛罗斯之战后第二年，阿拔斯王朝即遣使入华，两国交往如初。

杜环在怛罗斯战役中被俘，此后游历西亚、北非，成为第一个到北非且留下作品的中国人。其游记《经行记》记述中西亚和地中海诸国的山川地理和风土人情，应为最早关于这些国家的原始中文资料。可惜原书遗失，内容散见于其族叔杜佑所著《通典》《西戎总序》中。

《经行记》曰："勃达岭北行千余里，至碎叶川。川东头有热海，又有碎叶城。其川西接石国，约长千余里；川中有异姓部落，有异姓突厥。其川西南头，有城名怛逻斯，石国大镇，即天宝十年，高仙芝兵败之地。"显然，大食也有优待俘虏的传统，从而使杜环带来第一手阿拉伯世界的地理山川和民俗风物资料。

史学家认为，正是由于这批被俘的唐军，才使中国秘而不宣的造纸术传到西亚。也有现代学者说，在怛罗斯之战前，造纸术已从唐朝属国拔汗那首府浩罕和平传入中亚撒马尔罕。或许怛罗斯战役过后，西亚阿拉伯人才学会造纸术吧？

后来，唐朝被"安史之乱"拖垮，走向衰落。《资治通鉴》又说："安西由是遂绝，莫知存亡。"唐王朝对西域长达一个半世纪的掌控就此终结，原本信奉佛教的西域诸国逐渐伊斯兰化。

这一时期，随着航海技术的发展，"海上陶瓷之路""海上香料之路"开始登上历史舞台，沙漠丝绸之路日趋衰落。但西域城邦间的贸易还在继续，阿拉木图东北 40 公里处的塔尔加尔遗址就是公元八至十世纪丝绸之路上的贸易重镇。

我曾委托卡米莉亚帮我叫辆车，前往塔尔加尔。结果她支支吾吾，似乎没有这方面的资源，只好作罢。不过，"哈萨克斯坦街头的每一辆车，都可能是出租车。"我在阔克托比索道站附近招手拦车，有辆私家车停下来，去程开价 3000 坚戈，最后以往返 5000 坚戈成交。

塔尔加尔其实是阿拉套山脉的最高峰，海拔将近 5000 米。汽车沿着阿拉套山脉的北缘朝东北方向飞驰，窗外可见连绵起伏的雪峰，倒也不觉得单调。司机是哈萨克族的年轻人，性格温和，可惜不懂英语，沟通有些困难。直到有懂英语的人搭车，才确认目的地无误。

古城遗址就在塔尔加尔山脚，但因为不是热门旅游景区，连当地人都不太清楚具体位置。我在网上搜到一张古城大门图片，边走边打听，最终在一个偏僻的山坡上找到那座黄土夯成的城堡式大门。

大门是新建的博物馆的一部分，但木门紧锁，显然没有开张。前面有道铁栅栏，周围野草连天，一个人影都没有。大老远找到这么个破地方，司机先生不太理解，甚至幸灾乐祸，我当然不能掉头就走，便叫他将车停到旁边等候。

古城遗址竟然如此简陋？我有点不甘心。栅栏西侧没有封死，应该是为已经干涸的小河留下的通道。我从底下钻过去，绕到城堡后面，沿着碎石路往南，期待能发现点什么。

果然，一条挖掘过的沟渠挡住去路。这应该是古城遗址，部分已经整理出来，人工剥掉上面覆盖的草皮，露出底层的路面结构。沿着鹅卵石铺成的路面往东几步，就是挖掘修复整齐的石筑遗址。站到高处，古城遗址一览无余。

关于塔尔加尔，能找到的资料很少。但可以确认，这里曾是西突厥修筑的具有防御功能的驿站，挖掘复原的古城中心东西长 450 米，南北阔 350 米，依稀可辨生活区和生产区。而我所站立的以大块鹅卵石铺就的道路上，野草疯狂地从石缝里冒出来，几乎要吞没路面，应该是 1000 多年前的原始状态。这条路一直通向古城西门，再往前约 200 米，就是源自塔尔加尔峰南坡的塔尔加尔河。但现在河床半裸，只有很小一股溪流。

塔尔加尔遗址入口，也是座博物馆

23

遗址东侧几座简易的厂房，院子里搭起蒙古包，算是最近的人家。再往远处看，群山起伏，草木接天。八世纪初，远道而来的丝绸、茶叶、瓷器，还能在这座古城里集散，然后继续往西往南流转，进入波斯和阿拉伯。塔尔加尔往南是伊犁阿拉套国家公园，再往南百余公里即为伊塞克湖，也就是玄奘笔下的"大清池"。

突厥人以狼为图腾，崇拜太阳神，信奉拜火教，后尊崇佛教，再后来伊斯兰化。贞观四年（630年），唐灭东突厥；显庆二年（657年），再灭西突厥。公元八世纪前后，后突厥时而归附，时而反叛。天宝四年（745年），延续半个多世纪

塔尔加尔遗址

的后突厥，在唐朝和回鹘的联合打击下灭亡。

古城遗址大抵都是这样，没有一定的考古学基础和历史知识，所见不过一堆废墟，索然无味。四顾茫然，便随手捡起一块青色鹅卵石，聊作纪念。

我和司机起了一点小冲突，他甚至生气地将车停在路边。我明知道是误会，但难以说清，直到懂英语的人打车才搞明白。他以为我要求送到阔克托比山顶，而山顶通常需要坐索道上去。实际上，我要他将我送回到阔克托比索道站，即当初上车的位置，可他看不懂地图，只晓得"阔克托比"。明白原委，他又不停地道歉。

chapter 2

碎叶城，李白故里

chuangyo zhongya

李白出生地

下一个目的地是吉尔吉斯斯坦首都比什凯克。因为哈萨克斯坦的免签政策,必须乘坐阿斯塔纳航空公司的航班出入境。尽管阿拉木图到比什凯克不足 250 公里,我也只能乘飞机离境。

一个起降,比什凯克到了。事实上,中亚几个"斯坦"国的首都曾都在边境线上,如阿拉木图、塔什干和杜尚别。因为这些城市本来就在水草丰茂的七河流域,再加上沙俄和苏联统治期间的分治、管理,造成独立后首都建在边境上的奇怪事。

苏联时期的比什凯克叫伏龙芝(Frunze)城,因红军早期总司令伏龙芝出生于此而得名,吉尔吉斯斯坦独立后又改回古代使用过的名字。比什凯克不算优秀的旅游城市,我的重点是托克马克(Tokmok),一座古丝路重镇。附近的新城(Krasnaya Rechka)、碎叶城(Suyab)和巴拉沙衮城(Balasagun)故址是"丝绸之路:长安—天山廊道的路网"世界文化遗产。为图省事,便直接打车前往李白的出生地碎叶城。

碎叶城也算是乌孙故土，曾为西突厥（Western Turkic）、突骑施（Toxsi）和葛逻禄（Karluk）汗国的首都，在中亚历史上具有举足轻重的地位，也是丝绸之路上的重镇。

贞观十四年（640年）唐灭高昌，置安西都护府于西州交河城（今吐鲁番）。此后都护府西移，一镇变四镇。调露元年（679年），以碎叶水（今楚河）旁的碎叶城代替焉耆，从此，碎叶、龟兹、于阗、疏勒为"安西四镇"，其中碎叶为最西最远的边陲城市。

那么，大诗人李白祖籍陇西成纪（今天水），他何以出生于西域碎叶呢？

这是个有争议的话题。根据郭沫若的考证，碎叶城就是李白的故乡，多数学者认同这个说法。问题是李白祖上为何迁居碎叶？有"因罪窜谪""西域胡人""高人隐士"等多种说法。

吉尔吉斯斯坦没有发现与李白相关的考古证据。20世纪80年代，当地农民在托克马克附近的田间发现一块"石头"。经苏联考古学家辨认，这是一尊佛像的基座，上面刻着41个汉字，大意为：唐代安西副都护、碎叶镇压十姓使杜怀宝为天子祈福、为逝去的父母冥福。这是一块"负责任的石头"，印证了史书所载李白出生前碎叶城的社会背景。

《新唐书·王方翼传》曰："裴行俭讨遮匐，奏为副，兼检校安西都护，徙故都护杜怀宝为庭州刺史。方翼筑碎叶城，面三门，纡还多趣以诡出入，五旬毕。西域胡纵观，莫测其方略，悉献珍货。未几，徙方翼庭州刺史，而怀宝自金山都护更镇安西，遂失蕃戎之和。"

"遮匐"是当时西突厥右厢可汗，降唐后称李遮匐，调露元年（679年）曾"诱蕃落以动安西"。唐朝名将裴行俭以护送波斯王子卑路斯（Pirooz Ⅲ）为名，奇袭突厥部，迫使李遮匐投降。这段记载主要描绘裴行俭出智计，奏请以王方翼为副将、杜怀宝为庭州刺史，王方翼筑碎叶城，叛乱平定后调杜怀宝镇守的经过。

王方翼是唐朝名将，后被武则天找碴儿，流放崖州（今海南）死于途中。史书对杜怀宝的记载不多，一句"遂失蕃戎之和"，说明他经营碎叶城不尽如人意，导致当地民族矛盾突出，功绩远不如王方翼。无论如何，千余年后的一块佛像基座题记，确认他曾驻防碎叶城，为唐朝效力。

李白出生于武周长安元年（701年），其时碎叶城已经被王方翼、杜怀宝接管。长安二年（702年），武则天在庭州（今吉木萨尔）设立北庭都护府，管辖天山以北包括阿尔泰山和巴尔喀什湖以西的广大地区。毫无疑问，此时的碎叶城归中央帝

吉尔吉斯斯坦发行的李白纪念邮票

国直接管辖。神龙元年（705 年），武则天驾崩，而李白的故事
也从他五岁开始。这恐怕不是简单的巧合，也许正因听到李唐
复位，其父李客才举家归蜀。关于他五岁离开碎叶前往四川，

这个说法与其族叔当涂县令李阳冰《草堂集》序中"神龙之始，逃归于蜀"契合，但李阳冰没说他从何处"逃归于蜀"。有人认为李白父犯事，所以逃到四川避罪，甚至根据《侠客行》推断，其父就是一名"侠客"，因"任侠杀人"而避仇于蜀。

郭沫若根据李白死后 55 年范传正《唐左拾遗翰林学士李公新墓碑》文，认为李白出生于碎叶城。"约而计之，凉武昭王九代孙也。隋末多难，一房被窜于碎叶，流离散落，隐易姓名。故自国朝已来，漏于属籍。神龙初，潜还广汉。"范传正与李白有通家之好，碑文清清楚楚，一个"窜"字，道尽李白身世。这也是目前被多数人接受的说法，如果此说成立，四川江油则只能是李白五岁以后的故乡。

其实，因为"漏于属籍"，后世对其身世极尽猜测，众说纷纭，不复赘述。

不过，吉尔吉斯斯坦国家邮政于 2017 年发行过一套李白纪念邮票，也算是他们对诗人的追忆。

碎叶城荒

与哈萨克斯坦一样，吉尔吉斯斯坦街头的车辆，都可能是出租车。吉尔吉斯人（Kyrgyz）就是我国境内的柯尔克孜人，意为"山里的乌古斯人"，源自俄罗斯叶尼塞（Yenisei）河流域的古黠戛斯人（Kir γ iz）。

从比什凯克出发，根据导航系统和翻译软件，一路还算顺利，最先到达新城。新城被认为是楚河流域保存最完好的中世纪遗址，据说玄奘当年来过这里，现在只能看到散落在田间野地里的一些土丘。

继续往东，半小时后进入阿克·贝希姆二村。黄土路边竖着指示牌，甚至用繁体中文提示"热烈欢迎，碎叶镇城"，多个"镇"字，读起来拗口。

当地称碎叶城为阿克·贝希姆（Ak-Beshim）遗址。徒步穿过田间小路，只见一处高出原野的黄土废墟，这就是碎叶城遗址。《新唐书》说，碎叶城每面三道门，如今只有些低矮的豁口，想必是原来的南门。野草披离，古墙荒芜，看不出修复或保护过的痕迹。

碎叶城考古遗址占地约 450 亩，四周被农田包围，只能大概看出正方形轮廓。当年王方翼花 50 天时间重建碎叶，城墙迂回曲折使往来的客人晕头转向，甚至连当地人也看不出其间奥妙，只好献上他们的珍宝。如今城墙已经变成断断续续的土堆，几乎要被疯长的荒草吞没，城苑野径纵横，残垣破败，被过往的农人当成放牧的草场。城南可见土夯墙基，应该为寺院或民宅遗址，偶有零散的骸骨和瓦片，估计是拜火教独特的丧葬风俗遗存，而原来的瓮城、箭楼、垛口等功能性设施只能靠想象了。

作为碎叶城多元文化的见证，现存遗迹包括中国防御工事、拜火教骨灰瓮（Ossuaries）、数座佛教寺庙、七世纪的景教教堂和公墓、十世纪的修道院，可能还有一些壁画、粟特文和维吾尔文的铭文。苏联考古学家曾发现两座佛教寺庙和杜怀宝造像题记，还捡到过四枚唐代钱币。

公元五世纪，这里还是粟特人的地盘，他们在碎叶水边修建商业城堡，是为最早的碎叶城，后被崛起的突厥人攻占。突厥遭隋、唐两朝连续打击，先分裂，再归降。当时西突厥以碎叶城为都，而更西端塔拉兹(Talaz)山谷的纳威凯特(Navekat)有其夏宫。

唐贞观元年（627 年），玄奘西行途中翻越葱岭，抵达碎

碎叶城遗址

叶城。他在《大唐西域记》里说:"山行四百余里,至大清池。……大清池西北行五百余里,至素叶水城。城周六七里,诸国商胡杂居也。"又曰:"素叶已西数十孤城,城皆立长,虽不相禀命,然皆役属突厥。""大清池"即今伊塞克湖;"素叶"即"碎叶",波斯语音译,本意就是"水"或"河";"城周六七里",说明当时城池很小。后来检校安西都护王方翼戍边筑城,将其扩建为帝国最西部的边防重镇。

从"商胡杂居""数十孤城""城皆立长"看,西域城池的建制与中原不同,相互并无严格统属关系,而且多为驿站性质。说李白祖上是"胡人""富商",原非空穴来风。

玄奘取经途中见到西突厥统叶护可汗,得他盛情款待。《大慈恩寺三藏法师传》记载,玄奘在碎叶城得到统叶护可汗的热情款待。"至素叶城,逢突厥叶护可汗。方事畋游,戎马甚盛……既与相见,可汗欢喜,云'暂一处行,二三日当还,师且向衙所'……三日可汗方归,引法师入。可汗居一大帐……法师去帐三十余步。可汗出帐迎拜……因停留数日……又施绯绫发服一袭,绢五十匹,与群臣送十余里。"除西突厥统叶护可汗外,高昌王麴文泰对玄奘西行也全力帮助。他与玄奘结为兄弟,苦留不住,只好支持他西行。统叶护可汗如此周到的安排,估计与高昌王给沿途各国所写的24封"介绍信"有关。

站在当年的城墙上，只见田畴沃野，阡陌交通，一直铺展到画屏一样的天山山麓。遥想盛唐当年，控碎叶以镇西域，国富民强，武功军威冠绝天下，不由得心荡神摇，思绪万端。不像更西更远的"羁縻府州"，碎叶是唐朝屯兵驻守、真正握在手中的所在。如今我只能在这里吊古伤今，回忆昔日的辉煌与荣耀。"碎叶城荒，拂云堆远，雕外寒烟惨不开。蹰蹰久，忽砯崖转石，万壑惊雷。"清纳兰性德如是说，他的时代，碎叶城仍为清朝附属。

碎叶城颓废如斯，已经很难看到盛唐遗风。当地的居民也换了一茬又一茬，满视野尽是异域风情。偶尔有寻古探幽的旅人，才会摸到这里感叹一番，然后匆匆离去。楚河谷地的风雨依旧，似乎有意同这座没落的碎叶城过不去，继续剥蚀残留的遗迹。而那位天才诗人幼年的足迹，已很难寻访。

站立片刻，看到司机在前面招手，才醒过神来。

碎叶城东南有布拉纳遗址，约十来公里路程，车行半小时即到。布拉纳，古称巴拉沙衮，或虎思斡耳朵，建于公元十世纪，曾是黑汗王朝和西辽帝国的都城，中世纪楚河流域的大城市，也是丝绸之路上重要的商贸中心。城中拥有完善的供水系统，陶制供水管道长达数公里。

现存最完整的建筑是布拉纳塔，也叫诗歌塔，原高 45 米，现存 28 米，塔身外面以红砖勾勒出多彩纹饰。诗歌塔具有军事瞭望功能，是吉尔吉斯斯坦的旅游标志。从外面的旋转铁梯进入塔中，然后爬到顶端，可俯瞰周围风光，但见田陌草树，雪山晚照，一幅壮阔的天山画卷。

周围草丛里散落着一些古拙的石人和石器。我在新疆伊犁草原也曾见过这样的石人，或谓巨瞳人像，据说是突厥萨满教遗物，用以祭祀和镇墓。当地人叫"突厥宝宝"（Turkic bal-bals），煞是可爱，听起来和我们随口俗称差不多。

当地人说，布拉纳塔的建造与一位早逝的公主有关。相传，这里的国王有一位漂亮的公主，但巫婆说她只能活到 18 岁。为保护女儿，国王下令建起布拉纳塔，让她住在塔顶阁楼，只允许一个仆人通过台阶送餐。公主 18 岁那年，一只毒蜘蛛藏在食物里，咬伤公主。公主不治而亡，巫婆的预言应验。

故事听得人头皮发麻，我不由自主地转动脑袋，查看周围有无蜘蛛。

脚下的诗歌塔

chapter 3

塔什干，石国都城

chuanguo zhongya

大宛都督府

半夜抵达塔什干，顺利入境，先到银行换钱。乌兹别克斯坦货币叫苏姆（Sum），1 美元可以兑换 8500 苏姆。据说该国严厉打击黑市钱庄，所以现在市面上的换钱点汇率基本一致，倒也省事，用不着东挑西选了。

打车到预订好的客栈。乌兹别克人给我的第一印象是干净整洁，譬如这家用苏联时期的老屋改建而成的客栈，走廊房间都铺着地毯，连卫生间也不例外，进门就得脱鞋，让人顿生好感。意外的是，客栈居然加进去许多中国元素，二楼一面墙上写着个很大的"禄"字，配图为打着油纸伞的古典仕女，营造出"杏花烟雨江南"的意境。

汉武帝时，张骞出使大月氏途中被匈奴扣留。十余年后逃至大宛，然后"抵康居，康居传致大月氏"。张骞描述："康居在大宛西北可二千里，行国，与大月氏同俗。控弦者八九万人，与大宛邻国。国小，南羁事月氏，东羁事匈奴。"大宛位于今天的费尔干纳盆地，其西北部的塔什干当在康居境内，为

塔什干街头

康居政治中心。张骞使月氏，为什么不直接往南，而是先往西北绕道康居？显然，大宛与月氏间隔着一个康居。

《汉书·西域传》曰："康居国，王冬治乐越匿地。到卑阗城，去长安万二千三百里，不属都护。……与大月氏同俗。东羁事匈奴。"可见康居王有冬宫和夏宫，其领地由苏薤、附墨、窳（yǔ）匿王、罽城、奥鞬五个小王分治，都依附匈奴。据考证，这五座城市都在今天的乌兹别克斯坦境内。其中第三小王治所窳匿城，就是现在的塔什干。

当时的康居算是西域大国，人口兵员仅次于匈奴、乌孙，比大月氏还多。张骞出使西域，一路上随机应变，"团结一切可以团结的力量"。面对康居这样强大的"可拉拢对象"，他自然要登门拜访。虽然主要目的没达成，但他拿到了康居的第一手资料。有个问题，张骞到底在哪儿觐见康居王？史籍语焉不详。有说在卑阗城，但没有可靠的证据。

司马相如《谕巴蜀檄》曰："康居西域，重译请朝，稽首来享。"这是说康居即使通过中介语言翻译，也请求来朝廷庆贺，叩头进贡。《谕巴蜀檄》出现时，张骞还没回来，说明此前汉朝与康居就有交往。从文献记载来看，因为距离远，康居同汉朝的关系一直摇摆不定，一方面与敌为盟，一方面又遣使朝贡。武帝太初三年（公元前102年），李广利伐大宛，康居支持大宛；元帝建昭三年（公元前36年），陈汤灭北匈奴郅支单于，康居为郅支单于后援。"至成帝时康居遣子侍汉，贡献，然自以绝远，独骄嫚，不肯与诸国相望。"康居王名义上事汉，但因距离远，吊儿郎当，并不怎么用心。悬泉汉简《康居王使者册》提到，康居使者和苏薤使者及贵人前来贡献，在酒泉评价贡品时还发生过纠纷。

晋武帝泰始年间，康居"王那鼻遣使上封事，并献善马"。这时的康居江河日下，要么苏薤独存，要么龟缩于苏薤城，版图疆域已不复往日广阔，显然已经不是原来的老康居。

此后，康居便不再见于中国史籍，河中地区被昭武九姓诸国占据。《魏书·西域传》："康国者，康居之后也。迁徙无常，不恒故地，自汉以来，相承不绝。其王本姓温，月氏人也。旧居祁连山北昭武城，因被匈奴所破，西逾葱岭，遂有其国。枝庶各分王，故康国左右诸国，并以昭武为姓。"显然，康居和康国是不同时期不同疆域的两个国家，或者康国继承了康居的部分遗产，康国领地只占康居版图的一小部分。

又《新唐书》云："康者……君姓温，本月氏人。始居祁连北昭武城，为突厥所破，稍南依葱岭，即有其地。枝庶分王，曰安，曰曹，曰石，曰米，曰何，曰火寻，曰戊地，曰史，世谓'九姓'，皆氏昭武。"这段记载与《魏书》"被匈奴所破"略有出入，也许从另一方面说明，突厥就是匈奴的别支？

这就是昭武九姓诸国，"石，或曰柘支，曰柘折，曰赭时。汉大宛北鄙也，去京师九千里。……圆千余里，右涯素叶河。王姓石，治柘折城，故康居小王窳匿城地。"窳匿城为康居第三小王治所，即今塔什干，也是昭武九姓之石国治所，南部与康国接壤。

按照《新唐书》的说法，两汉时的康居应该控制着从今天的哈萨克斯坦南部到乌兹别克斯坦中南部的大片土地。

玄奘来时，石国还没有摆脱西突厥统治。"赭时国周千余里，西临叶河……。城邑数十，名别君长，既无总主，役属突厥。"叶河即今锡尔河，距塔什干百余公里。《新唐书》记载："以瞰羯城为大宛都督府，授其王瞰土屯摄舍提于屈昭穆都督。"唐显庆三年（658年），名将苏定方大破西突厥，以塔什干为大宛都督府，册封其王。从此，昭武九姓诸国纷纷归附。

石国人善"柘枝舞"，所谓"翘袖中繁鼓""长袖入华裀"。这舞蹈传至长安，很快便流行于达官显贵堂前。白居易赞道："平铺一合锦筵开，连击三声画鼓催。红蜡烛移桃叶起，紫罗衫动柘枝来。"估计是"踢踏舞"和"手鼓舞"的结合。享乐之风盛行，预示着唐王朝的衰败也将开始。

天宝九年（750年），高仙芝以石国"无番臣礼"为由，征讨石国。"镇西节度使高仙芝擒其王及妻子归京师。"石国"王子走大食乞兵，攻仙芝于怛罗斯城，以直其冤"，"相持五日，葛逻禄部众叛，与大食夹攻唐军。仙芝大败，士卒死亡略尽，所余才数千人。"

表面看来，怛罗斯之战缘于高仙芝过分处置石国，引发众怒，但实际上是大食与大唐在中亚的碰撞。战争是掂量敌人最直接的手段，该来的迟早要来。此役过后，双方控制疆域并无明显变化，交流往来如初。四年后，"安史之乱"爆发，唐朝再也无力控制西域，逐渐退出中亚。只有一个问题，才能正确回答怛罗斯之战对帝国命运的影响，即"如果高仙芝在怛罗斯取胜，安禄山会不会造反？"

此役的关键因素——临阵倒戈的葛逻禄部，一直在大食和大唐中间寻求战略平衡，于九世纪崛起，为中亚第一强国。疆土以七河流域为中心，一直延伸到费尔干纳盆地，与大食、吐蕃接壤。

一直到乾隆二十三年（1758 年），塔什干才重新归附清朝。"塔什干至是自通于中国，列藩臣焉。嘉庆中，塔什干附浩罕，为浩罕八城之一。同治三年，俄人以伐浩罕之师夺塔什干，开锡尔达利亚省，于是塔什干部遂亡。"

从历史上看，塔什干自古就与中国交往密切，甚至在汉、唐、清三朝时皆归附称臣。苏联经营塔什干数十年，将其打造成苏联第四大城市。1966 年，塔什干遭遇大地震，全城几乎被夷为平地，30 万居民无家可归，苏联从全国各地调集人力物力进行灾后重建。所以，塔什干是中亚俄罗斯族人最多的城市。

作为独立的乌兹别克斯坦首都，塔什干的城市建设以帖木儿广场为中心向周围扩展，街道宽阔，市容整齐。截止到2019 年，塔什干约有 300 万人口，堪称中亚第一大城市，是重要的经济文化中心。有趣的是，"塔什干"在突厥语中的意思就是"石头城"，这多少能看到古丝绸之路"石国"的影子。

大月氏西迁

每个国家都会塑造自己的精神领袖和民族象征。乌兹别克人也不例外，他们尊崇中世纪的两位大人物，武有中亚霸主帖木儿（Amir Temur），文有传奇诗人纳沃伊（Alisher Navoiy）。

帖木儿是 14 到 15 世纪的风云人物，建立起以撒马尔罕为中心的帖木儿帝国。纳沃伊是活跃于 15 世纪下半叶的乌兹别克诗人，乌兹别克语文学的奠基者。他有一句名言："阿拉伯语是根，波斯语是蜜糖；印地语是盐，突厥语是艺术。"经过几道转译，有些直白，想来在乌兹别克语里，应该别有韵味吧？

他们二人是乌兹别克人的精神偶像。塔什干有帖木儿广场和纳沃伊公园，里面矗立着乌兹别克人为他们建造的雕塑。

好像有些矛盾？"乌兹别克"源自金帐汗国穆斯林领袖乌兹别克（Uzbek），即术赤系蒙古人。而帖木儿说不定是个突厥人，至少有突厥血统吧？此君"卑辞厚颜"，先娶西察合台汗国后王公主为妻，扶持其兄侯赛因（Amir Husayn），羽翼丰满后不惜害死与他情同手足的大舅哥，建立帖木儿王朝。直到 16 世纪，术赤系后裔昔班尼征服河中地区，建立乌兹别克汗国，才奠定现代乌兹别克斯坦的地理版图。

塔什干虽然也算丝路古城，但没有留下多少遗迹。现在的城市中心有两座广场，即帖木儿广场和独立广场，二者相距不远,乌兹别克斯坦的政府职能部门都集中于此。对游客而言,塔什干可以驻足的景点,除几座博物馆,还有位于老城区的圆顶集市(Chorsu Bazaar)和宗教中心(Khast Imom)。从表面上看,塔什干不如阿拉木图时尚新潮,显得传统而保守。

乌兹别克斯坦的火车站还沿用苏联的名称"沃克扎"(Vokzal)。早晨起来,先买去撒马尔罕的高铁票和电话卡。相对于拼车出行,高铁票还是贵了点,二等座9万苏姆。"Beeline"的电话卡稍贵,但4G信号可靠。这样一番操作后,才心安理得地打车到帖木儿广场,站在这位中亚霸主全副武装的铜像前行注目礼。

广场西侧是国家历史博物馆,南侧有国立艺术博物馆,北侧是帖木儿纪念馆,东侧是乌兹别克斯坦大酒店。三座博物馆相距不远,都值得参观。

乌兹别克斯坦国家历史博物馆很特别,墙体交错的菱形图案,使得整座建筑像架手风琴。博物馆始建于1876年,最初叫"突厥斯坦民俗学博物馆",1992年改为现名。博物馆共分四层,一层为临时展厅;二层为古代史,展出有拜火教和佛教的遗存;三层展出的是伊斯兰化以后的历史文物;四层展出的则为近现代乌兹别克人的创业功绩。

乌兹别克斯坦国家历史博物馆

　　非常幸运，碰到"中乌联合考古成果展"。分两个主题，即"从长安到宛都"和"月氏与康居的考古发现"。

　　从 2012 年开始，中乌联合考古队对地处费尔干纳盆地安集延（Andijan）州的明铁佩（Mingtepa）遗址进行系统发掘。考古结果表明："具有双重城圈，规模达 230 公顷的明铁佩遗址有可能是大宛都城。"在中国文献中，"大宛"沿用七个世纪，五世纪以后被费尔干纳的古音"拔汗那"取代。通常认为，大宛位于今天的费尔干纳盆地东部。《史记》说大宛有七十余城，出现过贰师、宛都、郁成三个名称;《汉书》记载，大宛国都为贵山城。实际上，吉尔吉斯斯坦、乌兹别克斯坦和塔吉克斯坦三国交界处的几座古城遗址，都有可能是大宛的国都。

"月氏与康居的考古发现"则根据北巴克特里亚地区拉巴特（Rabot）、撒扎干（Sazagan）遗址的出土文物，认为"这类遗存分布的时间、空间和文化特征均与古籍所载的月氏人相一致"。巴克特里亚即中国史籍中的大夏，隋以后作"吐火罗""睹货逻"。考古说明，古代月氏从中国迁移到大夏，进而引发张骞出使中亚，贯通丝绸之路。

公元前六世纪，大夏曾是波斯帝国的一个行省，当地居民很可能是东伊朗语族的塞人。塞琉古王朝统治中亚时，大批希腊人和马其顿人开始移居于此。公元前255年，巴克特里亚总督狄奥多图斯一世（Diodotus Ⅰ）趁波斯人反叛希腊化的塞琉古政权时，宣告独立，定都蓝氏城。蓝氏城位置尚无定论，有人说在今天阿富汗巴尔赫（Balkh）附近，争议颇多。

月氏西迁伊犁河、楚河时，逐走了原居该地的塞人，迫使塞人分散。一部分南迁罽宾，一部分西侵巴克特里亚的希腊人王国，建立大夏国。《后汉书·西域传》记载："初，月氏为匈奴所灭，遂迁于大夏，分其国为休密、双靡、贵霜、肸（xī）顿、都密，凡五部翕［xī］侯。后百余岁，贵霜翕侯丘就却攻灭四翕侯，自立为王，国号贵霜。"公元前125年，大夏被迁徙而来的月氏人征服，而后建立贵霜帝国。贵霜延续370年，迦腻色伽一世（Kanishka Ⅰ）在位时步入巅峰，与汉朝、罗马、安息被后世并称欧亚四强国。

贵霜地处中国、印度、罗马的三岔路口，扼守丝绸之路咽喉，所以是天然的中间商，贸易业相当发达。他们将中国的丝绸倒卖给印度，而将源自印度的佛教传至中国。博物馆二楼就有铁尔梅兹（Termez）、法耶兹特佩（Fayaztepa）和卡拉特佩（Karatepa）遗址出土的一至三世纪的佛像、壁画等，说明佛教通过大月氏经丝绸之路向中国传播。《魏略·西戎传》记载："天竺有神人，名沙律。昔汉哀帝元寿元年，博士弟子景卢受大月氏王使者伊存口受《浮屠经》。"这就是"伊存授经"，标志着佛教传入中国，而这位伊存，正是大月氏人。

由此东行约1公里，便是帖木儿纪念馆。馆内装饰得富丽堂皇，成群结队的小学生在巨型壁画前合影留念。这些壁画令人印象深刻，主要描绘帖木儿四处征战、建立帝国，以及发展公共事业的

一些瞬间。

星期四吃抓饭

塔什干虽然很现代、很世俗，但也有宗教场所。从市中心广场出发，往北 2 公里的老城区就是宗教中心。

这里比较空旷，也不怎么热闹，有一系列波斯风格的伊斯兰建筑群，如经学院、清真寺和贤人学者的陵墓。最主要的看点是莫耶·穆巴雷克（Moyie Mubarek）图书博物馆。里面收藏着一本七世纪的《奥斯曼古兰经》，相传是世界最老的《古兰经》。

图书博物馆是这组建筑群里最小的单元，有天蓝色的圆顶，表面以肋条似的凸起做装饰，算是不同于波斯风格的中亚特色。房间里面有个石头展台，上面放着巨型《古兰经》。字体很大，写在鹿皮上，再装订成册。除神圣的鹿皮古卷，馆内还有 2 万册图书、3000 本手稿和各种版本的《古兰经》。

塔什干伊斯兰大学校园内有座尤努斯·汗（Junus Khan）墓，据传他是巴布尔（Barbur）的外公。陵墓不对公众开放，只能透过栏杆参观。也有说巴布尔是帖木儿五世或六世孙，他虽未能从乌兹别克人手中恢复帖木儿帝国，但征服印度，建立莫卧儿（Mughal）王朝。莫卧儿鼎盛时期，几乎统一南亚次大陆。

回程时经过圆顶集市。巨大的绿色穹顶像个帐篷，门前几个"板儿爷"躺在平板车上等待生意。集市内部两层，有一圈一圈的圆形柜台，分门别类，摆满各种货品，从香料、蔬菜、肉类、水果到馕饼、糖果，应有尽有。圆顶外面，也是一排一排的店铺。与国内不同者，当地多使用现金交易，似乎甚少讨价还价。这地方就是塔什干人生活的缩影，如一幅流动的市井百态图。

本来想看歌剧，但跑遍包括阿里舍·纳沃伊在内的几个歌剧院，发现当晚都没有演出，只好悻悻而归。

塔什干圆顶集市

找到最近的地铁站，准备去塔什干著名的"中亚抓饭中心"。苏联风格的地铁站内装饰着苏联风格的油画，极富时代和艺术气息，即便不为赶路，也值得专程参观。当然，还有更火爆的场面，那就是几百人同时围着热气腾腾的大铁锅吃抓饭（Plof）。

正宗的抓饭，用煮沸的羊油、羊肉、大米、洋葱、胡萝卜及各种佐料烹饪而成。据说最带劲的抓饭，要用羊尾巴上面那块肥肉。吃的时候再拌上蔬菜，或者一块煮熟的羊肉、羊排，甚至马肠、鸡蛋，当然，必须还得有一壶红茶。抓饭在不同场合有不同的名目，如宫廷抓饭、婚礼抓饭、茶馆抓饭等。

不要为霸气的招牌所误，"中亚抓饭中心"实际很平民化，类似于我们的大排档，价格实惠，普通人都消费得起。所有来"中亚抓饭中心"的游客，都会被香气弥漫的大铁锅惊呆。随着时间的推移，"中亚抓饭中心"居然成为塔什干一景，似乎不到这里"搓一顿"，就不算来过塔什干。名为"抓饭"，但在"中亚抓饭中心"吃抓饭，通常都会配备刀叉。新疆抓饭（Polo），多净手掇食，故汉语称为"抓饭"。即使现在，当地还有人用手抓，但饭馆里通常也会配上筷子或勺子。

英语称抓饭为"皮拉夫"（Pilaf）。有西方生活经验的人说，"皮拉夫"系土耳其语。土耳其人自称突厥人，他们的文字也

圆顶集市里面的馕饼摊

手抓饭

能和乌兹别克语攀上亲戚。西方人现在使用刀叉，但在 16 世纪以前，他们的餐具就是五根手指头。有趣的是，我们就算吃过欧美人的"皮拉夫"，恐怕也想不到，"皮拉夫"就是新疆抓饭。

其实，不管"Pilaf""Plof"，还是新疆"Polo"，都源自波斯语，只不过现在伊朗人读"Polow"。发音略有不同，但在我们说汉语的人听来，都差不多。从土耳其到新疆都有抓饭，但各地做法未必一致，或者"大同小异"。也不好说是谁先发明，或者谁家的更正宗。如果真要打这个官司，恐怕还是伊朗人更占便宜，甚至他们连馕的发明权也能抢走。追根溯源，这也算是"波斯化"的见证，足见波斯文明对周围地区的影响有多深远。

抓饭算得上乌兹别克斯坦的国菜，据说每个城市都有各自的抓饭。事实上，中亚诸国，甚至包括中亚以外的巴基斯坦、阿富汗、印度，也有抓饭，恐怕连最挑剔的美食家，也难以说清哪里的抓饭更美味。

chapter 4

撒马尔罕，康国沃土

chuanguo zhongya

粟特人善商贾

　　乌兹别克斯坦物价便宜，譬如打车，通常 3 公里以内我付 5000 苏姆，相当于人民币 4 元。如果是当地人，可能会更便宜。因为"街头的每辆汽车都可能是出租车"，只要掌握"价格规律"，打车基本不用多费口舌。

　　但我在前往撒马尔罕的高铁站时，遇上点麻烦。当我慢悠悠地走进中央火车站（Pass Csentr.）时，安检人员告诉我，你应该去南站（Yuzhniy）乘车。我才知道塔什干有两座火车站，便急忙打车赶往南站。约 7 公里路程，此际感觉格外漫长。司机先生见时间紧迫，从一个豁口冲至马路对面，倒退入火车站广场。工作人员看完车票，二话不说，在前面飞奔，直接将我带到车厢里，令人好生感动，我不禁连声道谢。在国外遇到问题，有人相助，就像"冬天里的一把火"，让人温暖。所以，在国内看到外国人求助，我也乐意帮忙。

　　车厢空间宽敞，还是苏联风格，连司机都戴着夸张的大盖帽。也许是因为高铁票价昂贵，乘客不多。塔什干距撒

今天的卡里莫夫大街

马尔罕约 300 公里，列车南行跨过锡尔河，即进入河中地区（Transoxiana）。所谓河中，就是锡尔河与阿姆河的中间地带，而自东而西的泽拉夫尚（Zeravshan）河流域，则是河中最富庶的地方，也是传统粟特人聚居区。

作为人类最早的商贸通道，撒马尔罕是古丝路中枢之一，连接中国、印度、波斯，四方文明在此交汇，确实是一个令人激动和向往的地方。一位西方诗人写道："出于对未知领域的渴望，我们踏上了通往撒马尔罕的黄金之路。"

可是，我的相机充电器坏了。因为来不及在塔什干购买或维修，便发信息给撒马尔罕我所预订民宿的房东，问他能不能先帮我买一个。回复令人沮丧，他说撒马尔罕或许很难找到这种充电器，但可以去修手机的地方尝试，也许他们有办法。说起来，撒马尔罕是古丝路明珠，可如今找一个大众化的相机充电器都有些困难，不免令人唏嘘。

撒马尔罕是粟特人的城市。关于粟特，希腊人称"索格底亚那"（Sogdiana），他们和塞人（Scythians）同源，但在波斯人和印度人眼里，粟特和塞人都是"萨喀"。实际上，波斯人、印度人、粟特人、塞人，祖先都是南俄草原的雅利安游牧部落。中国文献通常将定居于河中地区的农民和商贾叫粟特人，而将七河流域和帕米尔高原的游牧部落称塞人或塞种人。

粟特人不怎么会打仗，"男年五岁，则令学书，少解，则遣学贾，以得利多为善"。"善商贾，好利，丈夫年二十去旁国，利所在无不至。"他们有一个传统，男孩出生后，大人就会把一枚硬币放在他手里，然后在他舌头上涂些蜂蜜，从小培养"甜言蜜语"和数钱的本事，甚至据说今天的中亚塔吉克族人，还保留着这样的传统。

中古时期的粟特人说亚兰语（Aramaic），当时欧洲许多地方也使用这种语言。语言上的便利，使粟特商人成为联系中国与地中海沿岸的纽带。在丝绸之路上，粟特人的经商才华，堪与犹太人媲美。有学者认为，中古时期，往来于丝绸之路上的国际商队，主要是粟特人。

据说亚历山大征服波斯，攻克撒马尔罕后，情不自禁地赞叹："我所听到的一切都是真实的，除了一点，撒马尔罕比我想象中更壮观。"蒙古重臣耶律楚材说："寻思干者，西人云肥也，以地土肥饶故名之。""寻思干"即今撒马尔罕，其本意就是"土地肥沃"。

张骞来时，"大月氏王已为胡所杀，立其太子为王。既臣大夏而居，地肥饶，少寇，志安乐。又自以远汉，殊无报胡之心。骞从月氏至大夏，竟不能得月氏要领。""大月氏在大宛西可二三千里，居妫水北。其南则大夏，西则安息，北则康居。行国也，随畜移徙，与匈奴同俗。控弦者可一二十万。"按照张骞的描述，大月氏第二次南迁，征服大夏，设王庭于河中地区，或许就在撒马尔罕？至少说明，该地区曾经是贵霜早期的活动中心。

月氏两次西迁，引发蝴蝶效应。第一次被匈奴打败，西迁至七河流域，迫使当地塞人南下入侵巴克特里亚的希腊人王国，一部分建立罽宾国，一部分建立大夏国；第二次又被乌孙、匈奴联盟击溃，南迁至妫水北岸，继而征服大夏，建立贵霜帝国。所以，当时的月氏人"殊无报胡之心"，张骞"竟不能得月氏要领"，没有达成与汉夹击匈奴的战略意图。

当时的撒马尔罕处于中国、罗马、贵霜和安息之间，是亚欧不同文化交会的十字路口，是多元文化碰撞融合的舞台，也是东西方商品交易集散地。

玄奘西行印度时路过撒马尔罕，其《大唐西域记》称"飒秣建国"。当时撒马尔罕被西突厥统治，他说飒秣建国"异方宝货，多聚此国。土地沃壤，稼穑备植，林树蓊郁，花果滋茂，多出善马。机巧之技，特工诸国"。

唐高宗时，在撒马尔罕设康居都督府。这就是"羁縻〔jī mí〕都督府"，承认现有地位，但纳入朝廷管理。最远的"波斯都督府"设在疾陵城，即今阿富汗境内的扎兰季（Zaranj），也有说是伊朗扎博勒（Zabol），反正两地接壤，城市间仅相隔40公里。

九世纪的波斯诗人则吟道：

布富丽的撒马尔罕是何时塌毁的？

不比石国好，

有惊人的地方。

接下来的波斯萨曼王朝算是粟特"自己人"，是为波斯语族在中亚建立的第一个国家，因此索莫尼（Somoni）被塔吉克斯坦人尊为国父。

公元1220年，撒马尔罕还是中亚新贵花剌子模的国都和文化中心，就被第一次西征的成吉思汗夷为平地。14世纪，帖木儿成为中亚霸主，用掠夺来的财富将撒马尔罕打造成"众苏丹（Sultan）的驻地、国王（Khan）的家园、伊斯兰苦行者（Dervishes）和苏菲（Sufi）的故乡、学者的都城"，焕发出新的深具伊斯兰气息的荣光。

16世纪，乌兹别克昔班尼人崛起，建立乌兹别克汗国，定都撒马尔罕。当他们将首都迁到布哈拉后，撒马尔罕逐渐衰落，再加遭遇地震，几乎成了无人居住的鬼城。19世纪，沙皇俄国扩张的脚步踏进中亚，为了分化管理，把撒马尔罕和布哈拉划入乌兹别克斯坦。他们在埋下祸根的同时，也使撒马尔罕恢复生机。2001年，联合国教科文组织将拥有2750年历史的撒马尔罕老城列为世界文化遗产，称作"文化交汇之地"。

我们常说，文化是一个民族发展传承的根基。即使失败或被打散，也还有个纽带牵扯，能东山再起。而那些无根的民族，则永远消失了。这从历史上可以得到验证。匈奴人、乌孙人、月氏人、嚈哒人、契丹人烟消云散，而波斯人、突厥人因文化连接，得以续存。突厥人因为有文字，经过定居、通婚，以及对宗教的适应性，反而将本土居民同化。

三小时后，列车抵达撒马尔罕。摆脱站前拉客的俄罗斯司机，按照店家的指点，乘1路公共汽车至西城的一个数码广场。前来接我的房东很年轻，名叫卡莫尔（Kamol），浓眉大眼，酷似帕米尔山地民族。我原以为所订客栈至少是独立的公寓，没想到却是真正的"民宿"，与主人在一个屋檐下。房间在二楼，一室一厅，简单宽敞。外面树木摇曳，一直伸到窗前。显然，他将卧室留给我，自己挤在客厅一角。我想，除了赚钱，或许他们更在意和"世界人民"交往吧？

也罢，住在当地人家里，至少可以体验他们的传统风俗和日常生活嘛。

苏丹是个科学家

中国史籍中的康国都城撒马尔罕，地处泽拉夫尚河谷，三面环山，只有西面豁口一马平川。自东而西的泽拉夫尚河流过城市北缘，形成河中最富庶的绿洲。居住在这里的粟特人将其打造成河中地区最重要的贸易中心，世人眼中的"天堂之城"。可以说，没有哪一座城市，能像撒马尔罕这样引起人们对丝绸之路的神往。

然而，蒙古人的到来，给这座城市带来毁灭性的打击。

13 世纪初期，称霸中亚的花剌子模才将首都迁至撒马尔罕，蒙古人就打上门来。波斯史学家志费尼（al-Juwayni）在他的《世界征服者史》里说："论幅员，它是苏丹诸州最大的一个；论土地，它是诸州最肥沃的一个；而且众所公认，在四个伊甸园中，它是人世间最美的天堂。"从历史走向来看，蒙古帝国征服中亚是早晚的事，但屠城之祸或许缘起花剌子模苏丹对蒙古人的傲慢无礼——劫商队，杀使臣，激怒了蒙古人。

蒙古人围城，经过几轮攻击，撒马尔罕守军于1220年3月19日开城投降，"天堂之城"陨灭。没有小说中"空降破城"奇迹，也没有谁来"止杀"，真正破城只用了一天时间。据记载，全城只有伊斯兰教长老、《古兰经》保管者、伊斯兰教法官和他们的五万家属在缴纳高额赎金后，才被允许回到撒马尔罕城居住。除战死者外，工匠作为奴隶被分配给功臣，其他人编入"签军"，充当攻打其他同胞的前锋。曾任蒙古大臣的志费尼无限悲凉地哀唱：

"心儿哟，不要呻吟，
因为尘世仅仅是幻影；
灵魂哟，不要悲伤，
因为凡间仅仅是虚无！

1221年末，长春真人丘处机西行至撒马尔罕，"城中常十余万户，国破以来，存者四之一"。据说他曾劝诫成吉思汗"少杀戮，减嗜欲，敬天爱民"，清乾隆皇帝有联云："万古长生，不用餐霞求秘诀；一言止杀，始知济世有奇功"，以赞颂丘处机"一言止杀"。

成吉思汗死后，除蒙元本部外，还有钦察、察合台、伊儿汗、窝阔台四大汗国，河中地区属察合台封地。随后，黄金家族间战乱频繁，四大汗国逐渐分裂。14世纪，来自沙赫里萨布兹（Shahrisbz）的帖木儿横空出世，自称成吉思汗后人。他先助察合台后裔登上汗位，自己掌握实权，征服河中。接着，他干脆杀掉宗主，建立帖木儿帝国，征战四方，成为中西亚霸主。

实际上，从文化和宗教角度来说，帖木儿已经突厥化——也有说他压根就是突厥人，信奉伊斯兰教。用一位西方学者的话说，帖木儿不算草原游牧民族，而是"伊斯兰化和伊朗化社会的产物"。他比明太祖朱元璋小八岁，崛起过程也颇为相似。先辅佐靠山，待羽翼丰满，再杀掉靠山。据说他25岁时受伤，瘸了一条腿，人称"跛子帖木儿"（Tamerlane）。

帖木儿统治中亚后，发誓要将撒马尔罕打造成"亚洲之都"。虽然他的征服方式也是疯狂掠夺，但他实现了对撒马尔罕的承诺，留下一系列迷人的建筑。所以，如今撒马尔罕最宏伟的古迹，都是帖木儿帝国时期的建筑作品。

如今的撒马尔罕老城，以雷吉斯坦（Registan）为中心，向四周绵延伸展。旅人必须到访的几处景点，就在雷吉斯坦附近，彼此相距不远。沿雷吉斯坦大街西行，路南是古里阿米尔（Gur-i-Amir）陵；顺雷吉斯坦广场东侧的塔什干路往北几百米，则为比比·哈内姆（Bibi Khonim）清真寺；继续沿塔什干路走，过立交桥往东，就是沙伊辛达（Shah-i-Zinda）；返回到塔什干路，再走1公里，为阿夫罗夏伯（Afrosiab）历史博物馆；如果不累，接着沿塔什干路走1公里，夏伯（Siab）河畔有座但以理（Daniel）墓。看完这些，就可以坐下来喝上一杯，回味撒马尔罕的细节，庆祝不虚此行。

雷吉斯坦是撒马尔罕的标志，也是撒马尔罕的灵魂。在乌兹别克语中，"雷吉斯坦"意为"沙地"，由西边的兀鲁伯（Ulughbek）、东边的舍尔·多（Sher-Dor）、北边的蒂拉·克里（Tilla-Kori）三座经学院按"品"字形排列组成。这三座经学院是帖木儿帝国伊斯兰建筑的典范，中央空阔地就是"世界上最高贵的公共广场"，主要用以举办各种庆典活动。就算现在，公园和广场也是市民休闲纳凉的好地方。

总觉得帖木儿建筑，与波斯有千丝万缕的关系。走进雷吉斯坦广场，让人想起伊斯法罕（Esfahan）。高大的宣礼塔和中间宏伟的拱门，用细瓷片贴出各种具有宗教象征意义的几何图案，看起来就像蒙着一层精美的纺织品，使原本硬朗的线条变得柔和而工丽。

帖木儿死后四年，他最小的儿子沙哈鲁（Shahruh Bahadur）即位，迁都赫拉特（Herat），故都撒马尔罕由沙哈鲁的儿子兀鲁伯掌管。兀鲁伯于 1417 年开始建造西边这座经学院，三年多即告完成，这就是现在的兀鲁伯经学院。兀鲁伯是一个伟大的科学家，在数学和天文学领域都有重大贡献。撒马尔罕的兀鲁伯天文台，就是他所留下的遗产。他所撰写的《兀鲁伯天文表》，曾推动近代天文学的发展。今天的科学界为纪念他的贡献，将月球上的一座环形山命名为"兀鲁伯"。

但是，作为帖木儿的孙子，兀鲁伯是个糟糕的苏丹。1447 年，他继承沙哈鲁的王位，成为帖木儿帝国苏丹。他在位时，与明朝交好，《明史》记载："赐其头目兀鲁伯等白银、彩币。其国复遣使随诚等入贡。十八年复命诚及中官郭敬赍敕及彩币报之。宣德五年秋、冬，头目兀鲁伯米儿咱等遣使再入贡。"不过，兀鲁伯在位仅两年，赫拉特总督叛乱，乌兹别克人趁机占领撒马尔罕。迁都赫拉特后，在 1449 年宫廷内斗中，兀鲁伯被侄子击败，最终又被儿子砍头。

据说，兀鲁伯曾亲自在此设坛授课。或者因为兀鲁伯尊重人才的举措，在世人眼中，充满杀戮的帖木儿帝国曾经是知识分子的乐园。据说帖木儿有收藏经典文献和名家论著的嗜好，他死后藏书落在兀鲁伯手中，估计这座经学院就是当年的知识殿堂。

经学院中央是水池，四面房间都为售卖纪念品的商店。

雷吉斯坦，三座经学院鼎足而立

有家瓷砖作坊，讲解伊斯兰建筑外墙图案的拼接镶嵌工艺。一块五颜六色镶嵌图案的方形瓷砖，先按图案编号切割打磨成"零件"，再按编号拼贴，才能够天衣无缝，工艺非常繁琐。突厥化的蒙古人对伊斯兰建筑的继承和发展，让人折服。两百多年后，征服印度的莫卧儿人用大理石建造泰姬陵，以金银珠宝镶嵌拼花，打造出伊斯兰建筑的巅峰作品。

17世纪中叶，取得政权的昔班尼人在对面原苏菲派活动中心（Sufi Khanaka）旧址建起舍尔·多经学院。"舍尔·多"意为"有狮子"，因为经学院拱门顶有"金狮负日"图案。也许突厥人灵感乍现，将他们崇拜的太阳神融入伊斯兰建筑？"金狮负日"非常著名，是乌兹别克斯坦的旅游标志。有趣的是，这座经学院在建期间，波斯人还曾进贡狮子给明朝皇帝。

北面的蒂拉·克里经学院直到1660年才竣工，此时明朝已经灭亡。"蒂拉·克里"波斯语意为"顶部用黄金覆盖"，因为清真寺墙壁和穹顶错综复杂的图案，都用黄金装饰，看起来光芒四射，富丽堂皇。没有黄金的半段走廊挂着一些黑白旧照片，展示撒马尔罕的过去。这个庭院里有即兴表演，以还原塔吉克山地民族战斗和游猎的场景。

因为追拍一对骑着自行车飞奔的小姐妹，无意间转到雷吉斯坦后面。小姑娘消失不见，但发现一座大理石平台，有几块昔班尼时代的墓碑。实际上，昔班尼是蒙古术赤系乌兹别克汗后裔，是乌兹别克人真正的祖先，而帖木儿可能是突厥人。昔班尼人赶走帖木儿后裔，占领撒马尔罕，奠定现代乌兹别克斯坦的基础和版图。

帖木儿陵

沿着塔什干路北行，街道两边遍植古桑，枝繁叶茂。不禁让人感叹，种桑养蚕技术西传，使得撒马尔罕人受益至今。同样，撒马尔罕物产也经丝路流入中国。美国汉学家薛爱华（Edward Hetzel Schafer）所著《撒马尔罕的金桃》，罗列出盛唐丰富多样的舶来品，足见唐人的物质生活有多丰富，他们那时已经能享受到世界各地的名牌货。

《旧唐书》载："贞观十一年，又献金桃银桃，诏令植之于苑囿。"又，《辽史》曰："贞观二十一年正月，……康国献黄桃大如鹅卵，起色黄金，亦呼为金桃。"这金桃估计就是现在的黄桃吧？西部所出确实汁多味美。《诗经》曰："园有桃，其实之殽。"可见中国也是桃的故乡，或许"大如鹅卵"的金桃甚为罕见，康国人才将其当作贡品。我在撒马尔罕市场没看到金桃，但樱桃和杏子已经上市，色艳欲滴，足以勾起人的馋虫。

穿过老犹太社区，就是雄伟得令人生畏的比比·哈内姆清真寺。这是帖木儿在世时的建筑，据信也是伊斯兰世界最大的清真寺，高达 35 米的大门让人陡然觉得自己如此渺小。

帖木儿重建撒马尔罕，同时代的西班牙人克拉维约（Clavijo）在其《克拉维约东使记》里说："于所征服诸城中，选拔技艺最超群的工匠，送来此间。帖木儿将大马士革的珠宝商人、纺织能手、军械专家，以及制作陶瓷和琉璃的工匠，一律送至撒马尔罕。"

《中亚简史》记载："现在撒马尔罕知名的比比·哈内姆清真寺，为 1399 年帖木儿从印度回来后修建，是为帖木儿建筑的典范。从艺术构思方面看，建筑虽然宏丽，但技术上很草率，甚至在帖木儿生前，圆顶上的石头就开始掉落。"帖木儿时期的建筑风格与波斯一脉相承，但细节方面有所创新。如清真寺圆顶采用肋状凸起线条装饰，就是明显的中亚特色；而波斯建筑圆顶，以细腻平滑著称。

克拉维约描述，帖木儿经常亲自监督工程进度，命人煮熟肉块，直接抛给工匠，如同喂狗。导游则最喜欢讲故事：帖木儿的中国妃子比比·哈内姆建造了这座清真寺，以便给外出归来的丈夫一个惊喜。

事实上，清真寺落成不久，帖木儿在远征途中病死。1897 年，比比·哈内姆清真寺也在地震中坍塌，后世认为可能是由于期限太紧，导致清真寺成了一个"豆腐渣"工程。现在所见建筑虽然看上去斑驳陆离，其实是在原址重建的新清真寺。院内空旷宽广，中央有座大理石《古兰经》台。

清真寺旁边是夏伯大巴扎（Siab Bazaar），据说帖木儿帝国时期就已经存在。市场整齐有序，一排一排的固定摊位，分门别类，从日用百货到水果蔬菜，应有尽有。里面还有个换钱的门店，接下来的旅程还长，我便跑进去再换 200 美元。摊位上的老板们，见我好奇，不停拿他们的切糕、蜜糖、干果给我尝，等出来时，已经没有吃饭的念头了。

对面是比比·哈内姆陵，土色的建筑略显单薄，但有个漂亮的蓝色穹顶，似乎镶嵌在云朵里。守门大姐见我是中国人，主动将门票降到半价，道："比比·哈内姆是中国人，你当然应该进去参观。"明史没有公主和亲的记载，或许是西域某小邦国的公主吧？她告诉我，在乌兹别克语里，中国是"黑桃哎"，发音居然与汉语、英语不搭界。其实就是"契丹"（Khitay），尾音拖得很长，显然是拜 12 世纪称霸中亚的西辽所赐，且不管俄语、突厥语，还是塔吉克语，发音都类似。

墓室在地下，共有五口石棺，上面覆盖绫罗丝绢，模样都差不多。一座以她命名的清真寺，一座单独的陵墓，这样的规格待遇，她生前应该深受帖木儿宠幸吧？

往回走几步，就是老犹太社区。我深入到小巷，想找到点什么。然而，只遇到一个上了年纪的餐馆老板，说自己就是犹太人。因为他的耳朵有点背，交流困难，所以无法获得有意思的信息。史料记载，公元前三世纪，生活在安息帝国境内的犹太人已经活跃于河中地区。斯坦因（Aurel Stein）的报告和敦煌文献也说明，犹太人是丝绸之路上重要的商人。

据《新元史》记载，1404 年冬，"帖木儿遂大举伐明，募精兵二十万，以粮运不给，载谷数百车，军行至沃野，即播种之，弃异日之军食。又驱牝骆驼数百头，如饷乏，则餐其乳以济饥。中途遇大雪，士马僵毙。帖木儿亦患虐疾，至窝德拉尔城而卒，年七十二，时永乐三年也"。窝德拉尔城又名讹答剌（Otrar），即今哈萨克斯坦奇姆肯特（Chimkent）附近，而其先头部队已推进至别失八里（今吉木萨尔）。

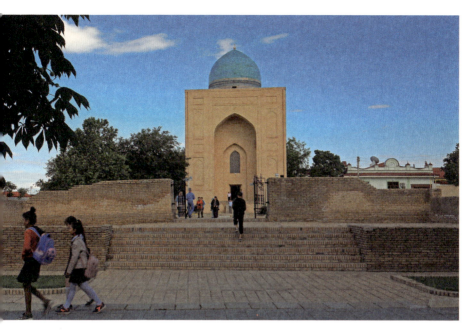

　　《新元史》这样说："帖木儿善抚士卒，得人死力，喜怒不形于色，谋定后战，所向有功。善属文，兵事之暇，序其制胜之方略，著为成书。然性嗜杀戮，与成吉思汗相似。又笃信宗教。定新律，分国民为十二级，第一级以摩罕默特之裔当之，宗室及将相大臣不与焉。成吉思汗所创之法制，至是破坏殆尽。"史臣曰："蒙古三大汗国，帖木儿并其二，克印度，败土尔基。卑辞厚币以诳中国，始则诇伺，终乃大举。傥（tǎng）不死，明人其旰（gàn）食乎？"帖木儿韬光养晦，明人的后怕不无道理。

　　为征服明朝，帖木儿准备可谓充分。当时撒马尔罕"行贾京师者，甘、凉军士多私送出境，泄漏边务"，又说元时中亚人遍天下，"及是居甘肃者尚多，诏守臣悉遣之，于是归撒马儿罕者千二百余人"。显然，这些来自中亚的穆斯林，不完全都是马贩子，恐怕负有军事使命，秘密刺探大明军情，且与甘凉军多有勾结。克拉维约在其著作里详细描绘了帖木儿对明朝使臣的无礼和怠慢，想必那时，他已经不再韬光养晦，准备入侵明朝。

帖木儿帝国后期，撒马尔罕与大明的交往亦颇有意思，明杨一葵所撰《裔乘》记载，成化十九年（1483 年），阿黑麻王贡二狮子，要求大臣出迎，被职方郎中和礼部尚书拒绝，只好遣中官迎接。杨一葵对此颇为不满，认为虽然"逆拆其谋，然不免贵物而贱人，塞谔之风寂然无闻"。"阿黑麻王"或译为苏丹艾哈默德（Sultan Ahmad Mirza），其时，帖木儿帝国已经分裂，至 16 世纪，撒马尔罕王朝被昔班尼人所灭。

从老犹太社区返回雷吉斯坦，再往西南约 500 米，即为古里阿米尔。"阿米尔"是穆斯林王子、酋长或贵族的称号，"古里阿米尔"也就是帖木儿王陵。一座波斯风格的拱门，院落是"天国花园"，主建筑有蓝色的肋拱圆顶，两边是对称的宣礼塔。造型美观，色彩明丽，显然要比"中国妃子"的清真寺更加精致漂亮。据说，"七种合金的大门，能召唤穆斯林大家庭里的七方祈祷者"。

陵墓始建于 1404 年，原是帖木儿为先他而去的孙子、他心目中的继承人穆罕默德·苏丹（Muhammad Sultan）而建。因为帖木儿在远征明朝途中暴病而亡，返回故乡沙赫里萨布兹的道路被大雪封锁，只好安葬于此。再后来，帖木儿的导师及其他子孙也埋在这里。

陵墓内部装饰比外面还华丽，墙壁就是刻满古阿拉伯文的经书，那些看似抽象的图案，其实是"真主不朽"。大厅散列着九具石棺，与其他穆斯林陵墓一样，石棺只是墓碑，遗体在地下墓穴里。兀鲁伯为帖木儿打造的墨绿色玉石墓碑最引人注目，上面刻着"我若活着，一定让世界颤抖"，左侧是帖木儿的导师巴拉卡（Mir Said Baraka），右侧是兀鲁伯，前面是穆罕默德·苏丹，后面几块墓碑分别是帖木儿的儿孙或导师。

1740 年，波斯王纳迪尔沙（Nadir Shah），将帖木儿墓碑和能发出奇妙声音的青铜大门抢走。据说，墨绿玉意外裂成两半，纳迪尔沙则频遭厄运，只好又将玉石运回来。

1941 年，苏联人类学家格拉斯莫夫（Mikhail Gerasimov）系统发掘了帖木儿墓，证实历史记载，帖木儿身高约 1.7 米，右腿右臂因伤致残，而兀鲁伯则被人斩首。

撒马尔罕还有一座著名的"十三陵"。沿塔什干路,经过大清真寺,再走 500 米,对面阿夫罗夏伯山南坡就是帖木儿帝国王族的陵墓——沙伊辛达。

"沙伊辛达"意为"永生之王",多是 14、15 世纪的建筑,由十三座陵墓和一座清真寺组成。据说初为库桑·伊本·阿巴斯(Qussam ibn-Abbas)圣陵,位于清真寺斜对面,墓群最里头,在蒙古人毁城时得以独存。阿巴斯是穆罕默德的一位侄子,相传是他最早将伊斯兰教传入中亚,他和阿拉伯同僚在祈祷时遭到袭击,全部遇难。

后来,帖木儿、兀鲁伯将他们的家眷埋葬在这里,此地即成帝国王陵。2005 年经过重修,一条甬道两边是新旧简繁不同的陵墓。其中帖木儿的一个妃子——阿卡(Shadi Mulk Aka)陵墓保存完好,色彩如新,也最为精致。踏上阶梯,左边第二座即是,基本保持 14 世纪晚期的模样。继续往里面走,仿佛进入蓝色天堂,色彩与空间构筑而成的视觉效果,如梦如幻,令人着迷。一位法国记者夸张地说:"即便我将文字、马赛克、山墙、拱梁、浮雕、壁龛、珐琅、斗拱都串在一个句子里,画面依然是不完整的。"

实际上,这里就是最早的定居点阿夫罗夏伯山南坡。除了皇家墓群,旁边是大片普通居民墓地。两厢对照,让人恍然大悟，从来就没什么永生，死后的荣耀其实是展示给现世的励志片。同样的一把白骨，堆哪儿还不都是一样？

乌兹别克斯坦第一任总统卡里莫夫也葬在这里，毗邻古老的哈兹拉特·希兹（Hazrat Khizr）清真寺。清真寺管理员笑眯眯地鼓动我买票参观，说哈兹拉特是贤者，能带来财富和好运。最后，管理员还打开一座小塔门，让我爬上去，说塔顶风光无限。塔身逼仄，盘旋而上，撒马尔罕老城便尽收眼底。

辛达，即帖木儿帝国王陵

与"康国人"喝一杯

我终于找到了充电器。

对于我而言,没有充电器,相机无法使用,是大事情。于是,我双管齐下,一边委托房东卡莫尔拿去维修,一边按他的指点找摄影器材店。过程还算顺利,雷吉斯坦对面的一家综合器材店就有充电器。我拿过来一看,原来是"东莞制造",无奈苦笑。他开价15万苏姆,约合人民币120元,打开淘宝一看,人民币30元。我说:"我就住在产地附近,不是这个价格。"他笑道:"淘宝上确实便宜,但我们通关费用很高。"然后拿出一个本子,让我看通关清单。商品那么多,又是乌兹别克语,我哪里看得明白?

一番讨价还价,最终以10万苏姆成交,约合人民币80元。正好电池已经显示橙色预警,便一边充电,一边和老板聊起来。

他叫法耶兹(Fayaz),塔吉克族,果然能说会道。当然,他知道淘宝、阿里巴巴,也经常去义乌和深圳。我调侃道,一块充电器居然卖我这么贵?你肯定赚了不少钱。他嘿嘿讪笑,顾左右而言他,问我来乌兹别克斯坦做什么,撒马尔罕怎么样?聊得兴起,他拿出一盘水果,让我不要闲着。

在中亚五国的塔吉克人是个异数,他们自认为与波斯同源,推崇波斯文化,尊崇波斯先贤,过波斯诺鲁兹(Nurouz)节,与突厥化的其他民族有本质的区别。

从历史上看,塔吉克人也最接近粟特人。法耶兹和他的祖先一样,丝绸之路给他带来滚滚财源。不同的是,以前的丝绸、茶叶、瓷器,变成了今天的电子产品。他也不需要赶着骆驼穿越沙漠前往长安,只要一封电子邮件,就有人送货。他说,明天他要去塔什干,因为又有一批货抵达。

卡莫尔发来信息,说充电器修好了,并邀请我和他们共进晚餐。福无双至今朝至,令我愁肠百结的事情轻松解决。

辞别法耶兹,打车回家。司机居然是个穿着校服的高中生,真是"乳臭未干"。他会点儿英语,问我哪里人,答曰"黑桃哎"。我开玩笑:"你是偷跑出来开车的吧?你妈妈知道吗?"他认真地说:"家里人知道。"乌兹别克斯坦物价低廉,薪水当然也不高。他课余时间开车拉活赚钱,实属难得。

很快到达住处，我掏出一叠钱，让小司机自己挑。他只拿 6000 苏姆，我又加了 2000 苏姆，算是奖励。不记得在哪儿看过一份调查报告，说是乌兹别克斯坦是世界上治安最好的国家，虽然这份调查报告是否有权威性不得而知，但在乌兹别克斯坦旅行，的确很轻松，不用绷紧神经。记得前一个晚上，我因找不到小区入口，四处乱撞，两个年轻人一番打听，直接开车将我拉到门口。

卡莫尔在一家中国公司工作，去过成都，会几个中文名词。有时突然冒出一句，反而让人莫名其妙。他老婆叫莎依拉（Shoira），娇小玲珑，所学即英语专业。他们一直很努力，学专业，学外语，平时也用英语交流。莎依拉说："卡莫尔如果完不成自己制订的学习任务，就坚决不吃饭。"听得我直竖大拇指。他们问我想吃点什么，我说有点绿色蔬菜就行，其他随意。

他俩很快乐，当晚做一种薄饼，卡莫尔甚至能表演"掂锅"。中亚人喜欢甜品，家里常备樱桃酱、番茄酱、草莓酱之类。至于蔬菜，除了几根漂在清水里的芫荽，他将阳台上盆栽的生菜叶摘下一把，丢在清水里，算是我要的"绿色蔬菜"。他问我喝不喝酒，我回答"当然"。他便跑到楼下，拿上来几瓶啤酒。我问一瓶多少钱，他说 5000 苏姆，约相当于 4 元人民币，价格和中国差不多。我在外面餐馆里吃饭，一瓶至少要 3 万苏姆，卡莫尔听得直摇头。

按照他的说法，撒马尔罕人均工资 85 万苏姆（100 美元），平均房价每平方米约 425 万苏姆（500 美元）。

塔吉克人喝茶也有讲究。莎依拉现场示范他们的待客之道：先将茶汤倒入杯中，略微摇转，再返回壶里，同一动作重复三次，最后双手端给客人，以示尊重。我跟他们讲中国的功夫茶、盖碗茶、罐罐茶、酥油茶，虽然他们嘴上赞叹不已，估计听得稀里糊涂。

卡莫尔对这些似乎不感兴趣。除却工作，他喜欢旅行和户外活动，推荐我到撒马尔罕北部山区徒步；他拿出到印度旅游时拍摄的纪录片给我看，讨论骑自行车环游中国的可行性。

我问去沙赫里萨布兹如何坐车，他说搭乘雷吉斯坦对面的"合租车"（Share Taxi）。再问多少钱，答曰 3 万苏姆。他边说边叫来莎依拉，两人即兴表演：

赫里萨布兹，沙赫里萨布兹，……"莎依拉

作"拉客仔"，一边招手一边呼喊。

少钱？"卡莫尔装模作样地上前问。

万。"

不不，2 万。"

5 万？"

万，不能再多了。"

人！"

他俩像表演小品一样展示砍价过程，生动幽默，让我想起中国汽车站的"拉客仔"，笑得我直不起腰来。

我知道粟特人善"胡旋舞"，撒马尔罕尤盛。安禄山晚年腹垂过膝，重三百三十斤，"至玄宗前，作胡旋舞疾如风焉"。白居易写杨贵妃跳胡旋舞："天宝季年时欲变，臣妾人人学圆转，中有太真外禄山，二人最道能胡旋。"

我便打听这"胡旋舞"，他们说剧院有演出。可惜没时间观看，因为我答应明晚请他们吃饭。其实，他们家条件简陋，甚至有时没有热水，但相处愉快，倒也不必计较了。他俩对我的评价是："印象深刻，用笑容摧毁了语言障碍，是一个会讲故事的人。"显然，表扬的同时，也暗示我英语不怎么样。

武则天乘龙舟

如今所见的撒马尔罕老城，是帖木儿帝国及其以后的遗迹。那么，以前的城郭在哪儿？答案是穆斯林墓地北面的阿夫罗夏伯山。实际上，阿夫罗夏伯才是丝绸之路上的黄金城市，才是撒马尔罕最值得驻足的地方。

当地学者认为："历史上，中国人只知道从长安通向撒马尔罕的路，而欧洲人也只知道前往撒马尔罕的路。在交通不便的时代，出于收益和风险的考量，在撒马尔罕交易，成为最划算的选择。因此，撒马尔罕曾经出现过一半是本地人，一半是外地商人的景象。"事实上，6 至 13 世纪的撒马尔罕城，比现在规模更大、人口更多。

据波斯史诗《列王纪》(Shahnamae) 载，图兰王 (Turanian) 阿夫罗夏伯是一个凶狠残暴而又勇猛智慧的英雄，在夏伯河畔创建了粟特人最早的定居点。波斯帝国的宽松统治，没有改变本地风貌。公元前 329 年，亚历山大征服中亚时，撒马尔罕已经是繁华的大城市。他甚至惊叹，撒马尔罕比想象中还要美得多。然而，为惩罚粟特领袖斯皮塔米尼斯 (Spitamenes) 的反抗，他摧毁了撒马尔罕。也是在这里，他杀掉了儿时的朋友克雷塔斯 (Cleitus)。

贵霜帝国时期，由于泽拉夫尚河谷的战略位置，撒马尔罕再度繁荣起来。粟特人凭借他们的经商天赋，成为丝绸之路上最重要的国际商人。接下来的几个世纪，撒马尔罕持续繁荣。8 世纪初，撒马尔罕被阿拉伯帝国控制。据说阿拉伯人从怛罗斯的两名中国战俘那里得到造纸术的秘密，于是，撒马尔罕有了伊斯兰世界第一家造纸厂。这项技术随后经西亚传至欧洲，中国的造纸术被世界破解。

关于造纸术，有人认为埃及莎草纸更早。其实，莎草纸只是对纸莎草（Papyrus）这种植物做一定处理而做成的书写介质，和龟甲、木简、丝绢、羊皮纸一样，只是简单加工后的原材料，不能算真正意义上的纸。

公元 1220 年，撒马尔罕被蒙古军队彻底摧毁。阿拉伯历史学家伊本·阿希尔（Ibn al-Ashir）描述："这场可怕的灾难，就像以前从未发生过的那样，吞噬了整个世界，特别是穆斯林。"后来，人们在阿夫罗夏伯西南建起新的城市，阿夫罗夏伯几乎被人遗忘。直到 1880 年，俄国考古学家开始发掘阿夫罗夏伯古城，才意识到遗址的重要性。

现在的阿夫罗夏伯就是一座被居民区包围的三角形土丘，占地超过 3000 亩，所出文物收藏于阿夫罗夏伯历史博物馆。可以说，阿夫罗夏伯历史博物馆是解读 13 世纪以前撒马尔罕的金钥匙。

被蒙古人毁灭的城池早已荒芜，一堵八米厚的土墙，围着几处宫殿遗迹。湮没在荒草中的断壁残垣，勉强能分辨防御工事、殿堂寺院、房间走廊、生产作坊等。这就是欧洲人眼中

"东方古老的罗马"，如今几同废墟，很难想象曾经是商贾云集的繁华都市。考古发掘出来的文物，包括青铜、陶瓷、钱币、珠宝，以及拜火教专用的纳骨器，都收藏于阿夫罗夏伯博物馆。这些文物弥足珍贵，不仅使古撒马尔罕重见天日，而且能将东西方文明串联起来，但又似乎与今天的撒马尔罕没什么瓜葛。

阿夫罗夏伯博物馆最有价值的藏品，是展现粟特宫廷生活的"大使厅"壁画，包括皇家宴会、节日庆典、宗教祭祀、荡舟打猎等场景，就像正在播放的画面被即时截取，丰富生动，如时光突然凝滞。

考古认为，壁画绘于康国归附唐朝后。四面墙壁分别描绘四个国家的风貌，北墙中国、南墙粟特、西墙突厥、东墙印度。根据《新唐书·西域传》记载，"何，或曰屈霜你迦，曰贵霜匿，即康居小王附墨城故地。城左有重楼，北绘中华古帝，东突厥、婆罗门，西波斯、拂菻等诸王，其君旦诣拜则退。"说明昭武九姓诸国有以"壁画描绘世界"的传统。"何国"（Kushania）即今卡塔库尔干（Kattakurgan），西距撒马尔罕70公里。依何国传统而推断唐国壁画内容，总觉得有点悬，但没有更可靠的论据，姑且信之。

《唐会要》记载："显庆三年，高宗遣果毅董寄生列其所居城为康居都督府，仍以其王拂呼缦（Vargoman）为都督。"当时撒马尔罕经济繁荣、文化昌盛，与中国唐朝联系密切。壁画描绘的正是大唐、突厥、波斯、嚈哒、印度、吐蕃、高丽等使臣欢聚一堂的场景。

北墙壁画题材是"武则天乘龙舟""唐高宗猎豹"。有说时序为端午节，与南墙"粟特王波斯新年出行"关联，可能在天文历法上同步；也有人认为是将"穆天子西巡"场景植入画面，以展现盛唐威仪。南墙"粟特王波斯新年出行"，壁画中一名随行人员衣着印有粟特文的"查干尼亚（Chaganian）首领对粟特王的友好问候"。查干尼亚大概为巴克特里亚附近的小邦国。西墙为突厥武士与各国使节宴饮图，东墙描绘印度教大神黑天（Krishna）童年故事。

画中人物众多，内容庞杂。因为剥蚀严重，部分已经很难分辨细节。好在有复原图和素描图，可以识别祭司、武士、使节、侍臣，通过衣饰打扮，判断人物后面的社会背景。"大使厅"壁画复制品曾在中国展览，被称为"武则天时代的G20峰会"。

当时唐朝灭西突厥，控制中亚，可谓"四夷宾服，万国来朝"。同时，中亚地区暗流涌动，伺机爆发。西边阿拉伯帝国灭波斯萨珊王朝，逐渐向中亚地区推进；北边时而归附时而反叛的突厥余部依旧能够左右地区局势，突骑施、拔汗那部是唐朝阻击阿拉伯入侵的战略伙伴，持平衡外交的葛逻禄部随时有可能引狼入室；南部吐蕃也开始崛起，威胁安西四镇。南亚次大陆则比较温和，不断从海陆两个方向输出宗教和文化。

馆内进来个欧洲旅行团，两位导游讲解如说相声，一唱一和，此起彼伏，声情并茂。虽然我凭背景知识，仅能听懂部分内容，但我确信，这是我见过最好的组合讲解，便跟在后面蹭听。当他们讲到唐朝对中亚的控制时，便不停往我身上瞄，估计猜出我是中国人吧？

其他文物，最引人注目的是粟特人祭葬拜火教徒时所用的骨灰瓮。粟特拜火教徒死后，尸体不埋不烧，而是送到土塔，肉身被秃鹰和乌鸦吃净，骨头则扔到中间圆坑里，最后收纳于瓦罐中。我在伊朗亚兹德（Yazd）参观过拜火教的"寂静塔"，即拜火教弃骨喂鹰的专用场所。这种葬俗甚至影响到中国，《旧唐书》载："太原旧俗，有僧徒以习禅为业，及死不殓，但以尸送近郊以饲鸟兽。如是积年，土人号其地为'黄坑'。侧有饿狗千数，食死人肉，因侵害幼弱，远近患之，前后官吏不能禁止。"

武则天乘龙舟

粟特首领巡游场景

由此继续东行几百米至夏伯河畔，有但以理墓。他是《旧约》先知，原葬于波斯苏萨（Susa），帖木儿征服西亚后，为求好运，将其迁葬于此。

chapter 5

沙赫里萨布兹，帝国陪都

chuangyuo   zhongya

西南行三百余里至史国

中亚诸国基础设施落后，公共交通都不甚发达。城市之间如果没有铁路，通常靠"黑车"往来，当地人称"合租车"或"共享出租车"。这些车辆通常有固定的停靠点，客满即走，倒也方便。前往沙赫里萨布兹的汽车，就在撒马尔罕雷吉斯坦对面，一番讨价还价，最终以 3.5 万苏姆成交。

沙赫里萨布兹是座小城，位于撒马尔罕南部约 80 公里处，曾接受过波斯帝国、亚历山大、阿拉伯征服者和蒙古的统治。14 世纪，帖木儿横空出世，将其打造成帝国陪都和商旅云集的大城市。

沿着 M39 公路，翻过泽拉夫尚山即达沙赫里萨布兹。这条路冬季经常难以逾越，公元 1405 年春，帖木儿在远征明朝途中病亡，因为前往沙赫里萨布兹的山路被雪封锁，只好埋葬于撒马尔罕。

初夏时分，泽拉夫尚山的天气阴晴不定，似乎正在酝酿雨意。一个多小时后，司机将我放在帖木儿雕像前，才发现黑云压城，雨点儿随时都会落下来。看见对面有家餐馆，我便跑过去寄存背包。老板犹豫片刻，还是答应予以保管。

在中国文献里，沙赫里萨布兹古称"碣石"（Kesh），汉时属西域三十六国。《隋书·西域志》称其为史国："都独莫水南十里，旧康居之地也。其王姓昭武，字逊遮，亦康国王之支庶也。……大业中，遣使贡方物。""独莫水"今称卡什卡（Kashka）河，源出塔吉克斯坦境内，流经城市北缘。

玄奘《大唐西域记》称羯霜那国："从飒秣建国西南行三百余里至羯霜那国（唐言史国）。……东南山行三百余里入铁门。铁门者，左右带山。山极峭峻，虽有狭径，加之险阻，两傍石壁其色如铁。既设门扉又以铁锢。多有铁铃悬诸户扇。因其险固遂以为名。出铁门至睹货逻国（旧曰吐火罗国，讹也）。"他从沙赫里萨布兹迂回到铁门关，渡阿姆河进入阿富汗，再"顺缚刍（chú）河北，下流至呾蜜国"，也就是溯阿姆河抵达今天的铁尔梅兹。

《明史》中"碣石"还叫渴石，"在撒马儿罕西南三百六十里。城居大村，周十余里。宫室壮丽，堂以玉石为柱，墙壁窗牖尽饰金碧，缀琉璃。其先，撒马儿罕酋长驸马帖木儿居之。城外皆水田。东南近山，多园林。西行十余里，饶奇木。又西三百里，大山屹立，中有石峡，两崖如斧劈。行二三里出峡口，有石门，色似铁，路通东西，番人号为铁门关，设兵守之。或言元太祖至东印度铁门关，遇一角兽，能人言，即此地也"。这段描绘沙赫里萨布兹的宫室之丽，甚至提到中亚战略要地铁门的逸闻轶事。从唐玄奘、元丘处机到明朝使臣，中国典籍曾多次提到铁门关。今人考证，古铁门关位于沙赫里萨布兹正南约140公里处，峡谷犹存，与玄奘描绘一致，再南30公里有个山豁，叫帖木儿南门。

沙赫里萨布兹三面环山，西南绿洲像毯子一样一直铺到卡尔希（Qarshi）。公元1336年，帖木儿出生于碣石城南一个贵族家庭。他征战四方，创建了横贯中西亚的帖木儿帝国。帖木儿荣归故里，将其改名为"沙赫里萨布兹"，也就是塔吉克语中的"绿色城池"之意。帖木儿建造夏宫、浴场、旅舍、桥梁、陵墓和清真寺，将这里变成自己家族的纪念地。在这段时间，其繁华程度甚至超过撒马尔罕。

现存遗迹主要集中在花园般的历史中心区，当地人称"丝绸之路"（Ipak Yoli），可见乌兹别克斯坦对丝路文化的重视。在这条约2公里的袖珍"丝绸之路"上，自北而南依次是帖木儿夏宫（Ak-Saray）、帖木儿雕像、帖木儿博物馆、星期五（Kok-Gumbaz）清真寺和一座被称为"权力宝座"（Khzarati-

帖木儿夏宫遗址

Imam）的陵墓群。2000年，沙赫里萨布兹历史中心被联合国教科文组织列入《世界文化遗产名录》。

如今帖木儿夏宫只剩一座40米高的门廊，很突兀地矗立在城市中心。原来马赛克镶嵌的图案已经脱落殆尽，露出里面土色的砖块。只有内侧还残存一些华丽的图案，能让人想象当初的富丽堂皇。这座宫殿可能是帖木儿投入精力最多的项目，他战胜花剌子模后，带来大量工匠，耗费24年才完成，显然要比撒马尔罕的比比·哈内姆清真寺更加气派。据克拉维约描述，这座宫殿的一个入口曾写着："如果你怀疑我们的力量，且看我们的建筑。"

明永乐十二年（1414年），明朝使臣陈诚路过沙赫里萨布兹，看到帖木儿宫殿，"中有台殿数十间，规模宏博，门庑轩豁，堂上四隅有白玉石柱，金墙壁，琉璃窗"。他曾五次出使帖木儿帝国，与"七下西洋"的三保太监郑和齐名，是明朝著名的外交家。一位苏联历史学家评价："这个杰出的中国外交家用诚恳的态度和不放弃的精神，化解两大世界最强帝国之间的矛盾，为帕米尔高原周边各民族带来安宁与和平，是十五世纪最杰出的和平使者。"

据说有台阶可以爬到残缺宫殿的顶端，我绕门转了一圈，发现两边的入口都已经上锁。游人不多，周围有一些小贩和纳凉的闲人，莫名想起"万间宫阙都作了土。兴，百姓苦；亡，百姓苦"。事实上，就算没有游客，这座废墟也是沙赫里萨布兹的标志，是帖木儿帝国鼎盛时期的象征，如今更是当地人日常生活的一部分，也是一个小道消息的源头。

门前往南200米，是帖木儿站立雕像，面南背北，全副戎装。乌兹别克斯坦的几尊帖木儿雕塑，面相威严中带点儿书卷气，但博物馆中的画像，却显得冷酷、暴戾。

再南行约200米，一座经学院内就是简单的帖木儿博物馆。里面陈列帖木儿帝国时期的兵器、盔甲、马鞍、铜壶、陶罐、钱币、经书等。一座比比·哈内姆清真寺的模型，看上去比现在所见壮丽得多。最珍贵的文物是那些描绘帖木儿征战、下棋及与家人共享天伦的细密画。

细密画源自波斯艺术，为精细的小型绘画，主要用于书籍的插图、封面和扉页，以及徽章、盒子、镜框、宝石、象牙首饰等物件的装饰图案，多风景、人物肖像和风俗故事，颜料通常采用矿物质，甚至以珍珠、宝石研粉。

还有一幅帖木儿帝国疆域图，从埃及到喀什，甚至连基辅和莫斯科也是他的"保护国"。

可能适逢放假，遇到许多中学生。史国盛产美女，果然名不虚传。《隋书》记载："炀帝时，遣侍御史韦节、司隶从事杜行满使于西蕃诸国。……史国得十舞女、师子皮、火鼠毛而还。"从馆中收藏的中国青花瓷餐具来看，帖木儿时期，沙漠丝绸之路并未中断，明朝的货物依旧源源不断地运送到这里，供贵族们享用把玩。

园内有电瓶车，坐到底就是兀鲁伯为其父所建的星期五清真寺，为一组伊斯兰建筑群，包括一座清真寺、二座陵墓。从远处看，三座蓝色穹顶交相辉映，相得益彰。左侧的库里亚尔（Sheikh Shanseddin Kulyal）陵是帖木儿祖先最早的坟墓，右侧为赛义德（Gumbaz Seyyids）陵，为兀鲁伯为其子孙所修。

从"权力宝座"位置看星期五清真寺

从此向东百余米，是一片广阔的陵墓群遗址，但只有朴素的贾罕吉尔（Jahangir）陵残存。他是帖木儿最喜欢的长子，死时才 22 岁。出门向东走几步，沿小路穿过废墟，有一座新修的红砖拱门，木头门扇有古兰经文。沿台阶深入到地下室，里面刚好能放一具石棺，上面刻有帖木儿传记，推测可能是最初为帖木儿修建的陵墓。要不是那年春天的一场大雪，这里的主人很可能就是帖木儿。这么一座简陋的地下室，居然是游人非到不可的所在。

刚拿到背包，雨突然下大了。一位当地小哥将我送到城市小巴，交代司机在去卡尔希的"合租车"站放下我，因为我要在卡尔希中转去布哈拉。其实，中途就被一位胖哥截留。等待个把小时，实在没有第二个客人，最后敲定，我付 5 万苏姆，他送我到卡尔希。于是，他跟妈妈打声招呼，我们便出发了。塔吉克人的家庭观念，与我们类似，再大的儿子，在母亲眼里都是小孩。

胖哥三十来岁，叫马克苏德（Maksud）。他长得壮实，也很健谈，给我看他和家人在各地游玩的照片。车窗外干涸枯焦，荒芜寂寥，我也昏昏欲睡，很快就迷迷糊糊了。

chapter 6

布哈拉，学术重镇

chuanguo zhongya

中世纪城市

某些特惠政策，通常会导致垄断性经营。就像乌兹别克斯坦街头，几乎都是有着金色十字商标的"雪佛兰"小汽车。

我所乘坐的出租车也是"雪佛兰"，但司机先生又不太相信导航系统。在进入布哈拉的时候，绕了个大圈子，还是没找到我所预订的客栈，最后只得根据导航走。倒霉的是，碰到警察封路，气得司机破口大骂，几乎要和警察干起来。其实相距不远，我也无奈，劝离司机，自己徒步前往。

原来，客栈就在利亚比豪兹（Lyabi-Hauz）隔壁，而现在正是布哈拉的"丝绸香料节"。如此重要的中心广场，商旅云集，人流如织，难怪警察要封路。客栈老板一番说辞，想让我连续订两个晚上。我看庭院房间都好，出行也便利，就答允了他。

布哈拉位于阿姆河右岸，泽拉夫尚河三角洲地带。公元前13世纪，最初的城市就建在春天祭祀火神的山丘上。再后来，布哈拉成为仅次于撒马尔罕的丝路重镇，在撒马尔罕沉寂的时

布哈拉圆顶集市

候，一直是贸易、学术、文化和宗教的中心。所以，撒马尔罕的历史，也就是布哈拉的过往。

不过，9 至 10 世纪的萨曼王朝是布哈拉塔吉克人心中的骄傲。因为萨曼王朝创立者索莫尼是波斯萨珊皇族后裔，他统治时期，推行波斯文化，唤醒民族意识，才形成认同波斯文化的塔吉克民族。萨曼王朝黄金时期，首都布哈拉是伊斯兰世界仅次于巴格达的知识中心。11 世纪，伟大的医学家伊本·西纳（ibn-Sina）就出生在这里。

在中国典籍里，布哈拉是昭武九姓中的安国。《新唐书》记载："安者，一曰布豁，又曰捕喝，元魏谓忸蜜者。东北至东安，西南至毕，皆百里所。西濒乌浒河，治阿滥谧城，即康居小君长罽王故地。大城四十，小堡千余。……贞观初，献方物，太宗厚尉其使曰：'西突厥已降，商旅可行矣。'""布豁""捕喝"显然是"布哈拉"对音，"乌浒河"中文史籍也称妫水、缚刍河，即今阿姆河。

和撒马尔罕一样，布哈拉也是丝绸之路上最重要的城市。18 世纪中叶，一家中国背景的银行在布哈拉成立，为来自不同国家的客商提供金融服务，他们可以把自己的货币兑换成中国钱。时至今日，得益于"一带一路"，来自中国的投资还在不断增加。

有人考证，"布哈拉"可能源于粟特语"好运之地"，阿拉伯人则叫"铜城"或"商贾城"。因为曾经是中世纪印度木尔坦（Multan）商人的聚居地，所以也有人说布哈拉源自梵文中的"石窟僧院"（Vihara）。如今布哈拉的历史中心，包括清真寺、经学院、城堡、陵墓、巴扎等140多座建筑，被联合国教科文组织列为世界文化遗产，称其为"中亚中世纪城市最完整的典范"。

我的旅程就从利亚比豪兹，即"水池周围"开始。这是1620年围着水池修建的一座市民广场，东西两侧各有一座名为纳迪尔·迪凡别基（Nadir Divan-Begi）的伊斯兰学校。西侧为哈纳卡（Khanaka），即苏菲派活动中心，集休息、冥想、礼拜和接待等功能于一体，比普通经学院更复杂。东侧是经学院，拱门上面有"丹凤朝阳"图案，与撒马尔罕舍尔·多经学院如出一辙。不同的是，太阳居中，两只"幸福鸟"各抓着一只像狗的动物。

纳迪尔（Vizier Nadir）是阿斯特拉罕王朝（Ashtarkhanid）的财政大臣，受命于伊玛目·库里汗（Imam Kuli-khan）建造伊斯兰学校。苏菲派活动中心竣工后，纳迪尔又在对面增建了

水池边遍植桑树，相传其中一株植于 1477 年

商队旅舍。商队旅舍落成典礼上，库里汗说"经学院"是为真主荣耀而建。不知道有意还是无意？已经很难考证，但纳迪尔只能将其改造成经学院，所以两座伊斯兰学校都以纳迪尔·迪凡别基命名。

广场北面是库卡尔多什（Kukaldosh）经学院，它曾经是中亚最大的伊斯兰学校。

水池边遍植桑树，相传其中一株植于 1477 年，老态龙钟，看似枯萎，其实还在抽枝发芽呢。周围有餐馆，露天摆放许多桌子。就座的客人，或者喝茶，或者吃饭，或者聊天，闲散惬意，正在享受布哈拉的"丝绸香料节"。

据说以前布哈拉居民用水，全靠这样的 200 个水池。当地人在水池边聊天、洗衣、做饭、饮用，甚至举行祭祀仪式。直到苏联改造城市供水系统，水池才退出使用，"利亚比豪兹"作为古迹的一部分而得以保留。

既然如此幸运地遇见"丝绸香料节"，我就得好好享受布哈拉的这个假日。

利亚比豪兹以西，是布哈拉的集市（Toqi Sarrofon），即带有屋顶的巴扎。这些不着色调的原砖建筑，让人错以为，自己就是骑着骆驼从沙漠而来的商人，正在走进童话般的绿洲城市。

集市门前是中亚最古老的马格基阿塔尔（Maghoki-Attar）清真寺，始建于 9 世纪，屡经兴废，据说曾是当地犹太人的集会教堂。如今所见，除南边墙体和拱门为早期建筑，其他均为 16 世纪重修，里面是地毯博物馆。清真寺周围，是 12 世纪的城市中心。考古人员在此发现 5 世纪的拜火教圣殿和佛教寺庙。废墟中有几株桑树，郁郁葱葱，让人想起丝绸之路，想起"无数铃声遥过碛，应驮白练到安西"。

华灯初上，夜市更显热闹，街头摆满各种彩色的瓷碟、茶具、丝绸，以及乌兹别克斯坦特有的鸟形剪。摊贩们席地而坐，懒散地照看着自己的生意。看得出来，布哈拉人对他们的节日很投入，即使买卖，也应该享受快乐。

不时遇到组织机构采访我，甚至连电视台也来凑热闹。无非是问我来自哪里，布哈拉怎么样，对"丝绸香料节"有什么感想。我当然对答如流，顺便普及一下"一带一路"倡议。可惜无法看到自己在镜头前的样子，未免遗憾。

布哈拉历史中心

　　鉴于碰上"丝绸香料节"，我决定设计一条徒步线路，游览值得参观的古迹和景点。从"水池周围"开始，先去城东的巷子里寻找那座原始色调的四宣礼塔（Char Minnar），然后掉头西行到兀鲁伯经学院，再往西走几步到卡扬（Kalyan）大宣礼塔，继续西行至阿克城堡（Ark-Citadel），最后在落晖夕照中拜访伊斯梅尔·索莫尼（Ismail Samani）陵。这条线路，往返直线距离五六公里，但途中难免东张西望，估计至少得走15 公里才能完成。

　　清晨六点，阳光已经洒满屋顶，利亚比豪兹极为安静，整座城市似乎还没有完全醒来。布哈拉是乌兹别克斯坦第三大城市，其实只有 25 万人，城市直径不过 5 公里。对我们来说，就是一座小镇，闭着眼睛都不会迷路。巷子也颇为幽静，两边基本都是低矮的原始泥砖建筑，偶尔遇见的路人只点头微笑，以示招呼。

　　所谓四宣礼塔，其实是一座清真寺，因为门房比殿堂突出，上面四座装饰性的宣礼塔，最是引人注目。

小院里几株月季开得正闹，使人心旷神怡。走过的这几座城市，只有布哈拉不事雕饰，似乎从来不曾改变，在这里等了我一千年。而这种朴实的基调，就像生命的底色，最能撩拨起游子的羁旅情愁和怀古意绪。

迷宫似的小巷子也不算复杂，向北走几步就是科贾·努罗博德（Khodja Nurobobod）路，一直向西一公里许，有两座很气派的经学院。北面为兀鲁伯经学院，显然由天文学家兀鲁伯所建。门口摆着丝织品和地毯，现在也被纪念品商铺霸占。里面比较落魄，有个小博物馆，展示瓷器铜盘和老照片。南面是阿卜杜勒·阿齐兹汗（Abdul Aziz-Khan）经学院，里面同样辟为集市。西边也是一个集市（Toqi Zargaron），是一个有圆顶的中世纪巴扎，据说是古时候由犹太人经营的"金融中心"。现在香料和草药堆积成山，我能认得丁香、茴香、肉蔻、桂皮、红花、姜黄，更多则叫不出名字，有用精致的木头杯装起来的样品，可以拿在手中仔细观察。

一群身着传统服装的当地人围成一圈载歌载舞，四角帽、花袍子、羊皮鼓，不时有路人加入进来，一派欢快愉悦的气氛。打听一番，原来今天"丝绸香料节"开幕，主会场在城堡前，但利亚比豪兹、卡扬宣礼塔都有街头路演。我决定先游览其他古迹，将城堡放在最后，以便参加"丝绸香料节"开幕式。

走进卡扬宣礼塔前的广场，居然发现结构与撒马尔罕雷吉斯坦很像。东边为波伊卡扬（Po-i-Kalyan）清真寺，西边是米尔·阿拉伯（Mir Arab）经学院，南边是阿里木·汗（Amir Alim-Khan）经学院。

卡扬宣礼塔由黑汗王朝的阿尔斯兰（Arslan）建造，高度达到惊人的47米，只地基就超过10米，有14个不同花纹的装饰带，是名副其实的"大宣礼塔"。据说几百年前，塔下面是处决囚犯的地方，所以也叫"死亡塔"。蒙古人破城后，成吉思汗感叹其壮观，下令不得毁坏，这座中亚最高的宣礼塔才幸免于难。

塔下面是建于布哈拉汗国时期的波伊卡扬清真寺，足以与撒马尔罕的比比·哈内姆清真寺媲美，或许当时就是一种政治较量。清真寺庭院非常宽广，能容纳1.2万人，四面走廊由208根柱子支撑，上面288个圆顶，如外星世界。还有个奇特的现象，透过穿顶上的一个洞，可以看到大宣礼塔的地基，然后一步一步走回圆形大厅，就能数完大宣礼塔所有砖砌的装饰带。

对面是还在使用中的米尔·阿拉伯经学院，蓝色穹顶极为漂亮，最初由也门的一位教长出资兴建，是乌兹别克斯坦罕见的"活着的"中世纪伊斯兰学校。正面的阿里木·汗经学院可能已经废弃，只能看到土色的圆锥形建筑。门前几个工作人员，正在为即将进行的演出做准备。事实上，广场上已经摆满凳子，中间搭了个舞台。显然，今天的布哈拉将非常热闹。

广场以西，科贾·努罗博德街两边搭起许多临时展位。从上面的名字看，左边当是来自中亚诸国，以及印度、伊朗、阿富汗等地的丝绸和纺织品，右边则是各种各样的草药和香料。勤快点的人，已经开始备货，以接待各地客商。

走到尽头，就是布哈拉最古老的阿克城堡。大肚瓶似的碉楼被土黄色的城墙连接起来，形成坚固的城中城。一队警察正在树荫下排练，我想拍照，被他们以手势制止。城门前的广场也叫雷吉斯坦，已经摆满椅子，工作人员正在紧张地忙碌着。只有几个小孩无所事事，踩着滑板飘来飘去，看到有外国人来，夸张地卖弄技术。"丝绸香料节"的主会场就在这里。我决定晚一点再来，便继续往西。

过马路即为建于 18 世纪的波罗·豪兹(Bolo-Hauz)清真寺，原为皇室专用。门前有个廊檐，由二十根精雕细刻的木柱支撑，

布哈拉城堡

非常漂亮。但柱础以上细脚伶仃，总觉得雕刻得有点过头，会影响承重。后来才发现，乌兹别克人和塔吉克人最喜欢这种廊柱。清真寺里面典雅大方，也很精美。还不到礼拜时间，夏季祈祷大厅空无一人。

继续西行约 500 米，是阿尤布（Chashma Ayub）陵，土色的塔形尖顶，似乎是犹太教建筑风格。阿尤布是《圣经》人物，也译作约伯（Job），相传他到访此地，用手杖击打地面，于是出现了一眼泉。可惜泉水现在被新修的半月形纪念馆挡住，寻常游人喝不到泉水。由此南行 200 米，进入索莫尼游乐公园，再北行几步就是伊斯梅尔·索莫尼陵。

索莫尼陵完工于 905 年，是布哈拉最古老的伊斯兰建筑，墓主是萨曼王朝的创建者索莫尼和他的父亲及孙子。远远看去，索莫尼陵就像个精美的编织工艺品，墙体被造型奇特的烧制陶砖覆盖。有说陵墓结合拜火教和伊斯兰图案，圆形代表太阳，是火与光；方形则代表麦加（Mecca）克尔白（Kaaba）圣殿；圆顶为伊斯兰风格。这种"四不象"风格，验证了 9 至 10 世纪拜火教信徒逐渐伊斯兰化的过程。

阳光穿过陶砖窗户上的方格，幻化出迷人的光影效果。看似八面玲珑的建筑，其实异常坚固，据说在建成以后的 11

个世纪里，除了圆顶，其他部分都没有维修过。

日色过午，寻路返回，准备在客栈睡一觉再参加"丝绸香料节"开幕式。利亚比豪兹附近有家"老布哈拉"饭馆，看起来古色古香，便进去点单用餐。然而，酸奶疙瘩不是想象中的味道，所谓"青菜"，就是洗干净直接生吃，没有任何佐料。我终于搞明白，在中亚，唯抓饭与烤肉，才是信得过的食物。

丝绸香料节

午后的阳光透过天井缝隙，散落到庭落里，就像碎成片段的时光，让人想拾起来。虽然我已经穿戴整齐，但还是想再拖延一会儿，以便从这种慵懒倦怠的状态中自然解脱。

客栈老板拎着一袋水果走进餐厅。我随口建议："早餐所配的樱桃都烂了，你应该买点新鲜水果。"他表示抱歉，说明天会有石榴、葡萄和杏。我突然记起，中国将石榴称作"安石榴"，有人引经据典，证明其来自"安国"。

晋陆机《与弟云书》："张骞为汉使外国十八年，得涂林安石榴也。"就因为这句话，后人以为石榴异名"涂林"，出自古安国、石国，即今天的布哈拉和塔什干。事实上，与张骞同时代的《史记》中根本没有"安石"国，也没有"安""石"二国。我请教过当地人，塔吉克语中，石榴音译为"阿诺尔"（Anor），与"涂林"不搭界。昭武九姓最早见于《魏书》，两汉时期，曾在布哈拉置安息州，"涂林安石榴"当来自安息。

石榴原产波斯，张骞第二次出使西域，遣副使至安息。"汉使至安息，安息王令将二万骑迎于东界。"汉使回国时，安息王赠鸵鸟蛋和罗马杂技团，恐怕正是这一次，张骞副使才从安息带回石榴，故又称"安石榴"。

不知怎的，客栈老板突然恭维起我来。他不停地说："蜜斯特王，你真是一个好人。"我便不停地点头，表示他说得对，我确实也不赖嘛。最后才搞明白，因为他"胁迫"我连订两晚房间，怕我在平台上给他差评，是以甜言蜜语。乌兹别克斯坦有个奇特的规定，离境时要出示"住宿卡"，即由酒店开具的住宿证明。估计是苏联时期遗留下来的"防敌特"手段，现在检查虽然松散，但确实需要。我便对他说，填好"住宿卡"，好评自然会来的。

再次出门，已是下午四点，太阳依旧火辣。街头的节日气氛也接近沸点，闲汉、商贩、游客、警察各色人等，都将自己调整到最能体现"丝绸香料节"的状态。再次到卡扬宣礼塔，见警察已经开始封路，许多前往城堡的人流被堵在铁马里面。我吓了一跳，看不成开幕式也就罢了，如果连城堡也不让进去，岂不是要错过许多？

我挤到前面，告诉警察，我要去城堡里面。年轻的警员见我是外国人，便将我带到一名警官面前。这警官见我是中国人，大手一挥直接放行。仿佛劫后余生，有种完全释放的感觉。时间尚早，已经有零星观众前来压场，主持人和演员们还在紧张排练。

我便直接去城堡。这座城堡实际上是布哈拉的"城中城"，从5世纪开始就已经存在。由于周而复始的毁坏和建设，最终堆成这座20米高的人工山，外边被又高又厚的城墙包围。如今所见的宫殿遗迹，是布哈拉汗国的最后一位阿米尔所建，只是木质部分毁于苏联红军的炮火袭击。实际上，城堡80%都是废墟，残存的宫室遗迹修复后辟为博物馆。

从一段斜坡上去后，迎面就是星期五清真寺，里面收藏各种各样的《古兰经》。往右转入一条通道，两边有几座院落，左边第一座原是首相宅第，现在收藏城堡中出土的文物。第二座是觐见厅，有很漂亮的柱廊，中央有个宝座，阿里木·汗

丝绸香料节现场

曾在此举行最后一次加冕礼。继续往后走，挤进货币金石博物馆逼仄的木头门，里面展出昔班尼到沙皇俄国时期的钱币。一个俄国造的铜水壶，煞是显眼。一些黑白照片，让人见识到布哈拉人的生活，以及城市被轰成瓦砾堆的画面。还有个蜡像馆，据说曾经将不交税的商人囚禁于此。

城门外也叫雷吉斯坦，是举行各种庆典仪式和处决犯人的地方。当年英国入侵阿富汗，引起布哈拉汗国的疑虑。英印殖民当局便派斯道达特（Charles Stoddart）上校来解释一些事情，结果被布哈拉阿米尔投入"臭虫坑"。两年后，试图营救斯道达特的康诺里（Arthur Conolly）上尉同遭厄运。最终，他俩在布哈拉

她向我展示丝绸香料节门票

人的鼓乐声中被斩首示众。

想到广场上曾经人头滚落，脖子后不禁发凉。那个骇人的"臭虫坑"还在，位于城堡后面的监狱里，现在是一座博物馆。

作为古丝绸之路的重要交通枢纽，这已经是布哈拉举办的第十八届"丝绸香料节"。官方宣传说，布哈拉保存和继承了许多历史遗迹和古老文化，发展旅游业是布哈拉对外开放和沟通的主要途径。"丝绸香料节"旨在保护手工艺文化遗产，进一步挖掘和推广作为丝绸之路旅游中心的布哈拉。据说，一些地方还有传统民俗表演，如斗羊、斗鸡比赛，可惜我没碰到。

粗略估计，现场至少有上万人，除国际商团，还邀请本地各行各业的精英、代表和劳模参加。来宾凭门票入场，按编号入座，只有像我一样未被邀请的外国游客，拎着相机四处乱晃。很想拍一张持证嘉宾持票入场的相片，非常幸运，一位美女愿意配合。她不仅长得漂亮，而且很会摆造型，拍出来的片子甚至比官方宣传画效果还好。

好不容易挨到晚上八点，音乐四起，灯光迷离，主持人终于上场。听他介绍，除中亚诸国外，还有来自中国、韩国、日本、伊朗、阿富汗及俄罗斯等国的商务代表。领导致辞后，演出开始。

主题当然是丝绸和香料，似乎都是本土演员。有些人不断站起来拍照，挡住后面的人，结果吵吵闹闹，好不喧嚣。

夜深了，我已经没有精力再看节目，便原路返回。主要路口还在封锁，许多人趴在铁马前，像鸭子似的探头探脑，甚至和警察较劲。人就是这样，容易得到的东西，也容易放弃；而明知得不到的东西，则又想拼命得到。

chapter 7

希瓦，太阳之国

chuanguo zhongya

悲哉，花剌子模

从布哈拉乘火车，沿阿姆河右岸西行约 450 公里，就是古花剌子模的领地。然而，我们这节车厢空调出现故障，正午时分，闷热难耐。还好乘客不多，列车员干脆将我们全部安排到有空调的车厢里。

出布哈拉，窗外的绿色逐渐退出视野，黄色的戈壁沙漠扑面而来，干涸枯焦的土地似乎要冒出烟来。我知道，再过几个小时，就会抵达古花剌子模。而在以前，可没这么容易，至少要在沙漠中走上个把月。如此遥远荒蛮的土地，曾经唐风浩然，今日穿行其间，不免感慨万千。

"花剌子模"，粟特语意为"太阳的土地"，是咸海南岸的一片绿洲，其他三面被沙漠包围。因为阿姆河在此注入咸海，富庶的三角洲地区就是萨喀人最早的定居点，据说曾被拜火教经典提及。这里也是中亚通往欧洲的最后一片富饶地，从此向西穿过沙漠就是里海。

只是咸海的生态体系已经不再健康，状况日益恶化，曾经的世界第四大湖，或将完全消失。幸好阿姆河水流充沛，使咸海还在做最后的挣扎。阿姆河不仅是中亚地理坐标，也是天然的文化书签。通常来说，阿姆河以南是波斯文化圈，而北岸则为游牧民族的跑马场。

司马迁《史记·大宛列传》载："及宛西小国驩（huān）潜、大益，宛东姑师、扜罞（wū shēn）、苏薤之属，皆随汉使献见天子。天子大悦。""驩潜"就是后来的花剌子模，可见早在西汉时期，双方就已经开始交往。

《新唐书·西域传》说："火寻，或曰货利习弥，曰过利，居乌浒水之阳。东南六百里距戊（wù）地，西南与波斯接，西北抵突厥曷（hé）萨，乃康居小王奥鞬城故地。其君治急多飓遮城。诸胡惟其国有车牛，商贾乘以行诸国。天宝十年，君稍施芬遣使者朝，献黑盐。宝应时复入朝。""货利习弥"当是花剌子模的变音，从这段记载来看，花剌子模是古康居的一部分，离中原王朝最远的属国之一。有趣的是，古花剌子模是中亚唯一的"有车族"，而且盛产具有药用价值的"黑盐"。《北史》记载，黑盐可治腹胀气满："白盐食盐，主上自所食；黑盐疗腹胀气满，末之六铢，以酒而服。"

又，《大唐西域记》云："货利习弥伽国，顺缚刍河两岸，东西二三十里，南北五百余里。土宜风俗，同伐地国，语言少异。"其实，玄奘没到过花剌子模，但他对该国地理习俗了如指掌，想来沿途没少做功课。

然而，就是这样一个偏安一隅的王国，曾先后臣服于波斯帝国、贵霜帝国、波斯萨珊、阿拉伯、塞尔柱、西辽。这期间虽然有短暂的独立，但很快又被新的帝国征服。显然，更多时候花剌子模是波斯附庸，10世纪以后则被突厥人掌控。

西辽衰退后，已经突厥化的花剌子模人迎来了他们的新任苏丹阿拉乌丁·穆罕默德（Alamudin Muhamed）。在他的治理下，国家日益强大，没过几年，就将西辽逐出河中地区。至1217年时，花剌子模拥有河中地区、大半个阿富汗和几乎整个波斯，帝国空前鼎盛，成为中西亚霸主。也许帝国的扩张过于顺利，穆罕默德还没来得及整合打下来的地盘，他们就招惹了最不该招惹的野蛮人。

元太祖十年（1215年），成吉思汗按通商协定，派出使臣与商队450人、骆驼500头，携带大批金银珠宝与商品前往花剌子模，结果商队被讹答剌总督劫杀。成吉思汗因为正准备攻打金国，还是希望和平解决，就派出使臣，致书指责花剌子模苏丹背信弃义,要求交出凶手。穆罕默德拒绝要求并杀死正使,剃光两位副使胡须,押送出境。

请注意"讹答剌",这个名不见经传的地方有点邪门。中世纪两件影响世界的大事都与讹答剌有关:一是蒙古人横扫欧亚的导火索,二是帖木儿远征中国的休止符。

成吉思汗第一次西征,克布哈拉,破撒马尔罕,打得花剌子模苏丹穆罕默德弃城而逃。《元史》记载:"秋,帝攻班勒纥等城,皇子术赤、察合台、窝阔台分攻玉龙杰赤等城,下之。""玉龙杰赤"即乌尔根奇古译,一般认为土库曼斯坦境内的库尼亚-乌尔根奇(Kunya-Urgench),才是花剌子模的老巢。

公元 1221 年 4 月,围城六个多月后,玉龙杰赤被攻破。抵抗还在继续,蒙古士兵掘开阿姆河,引水淹城,将玉龙杰赤夷为平地。此后,蒙古与花剌子模的战争持续到 1231 年春,最后一位苏丹札兰丁(Jalal al-Din Minghurnu)死后,花剌子模灭亡。

金帐汗国时期,花剌子模地区得以重建,发展成为通往里海和欧洲的贸易中心。蒙古黄金家族衰败后,花剌子模被帖木儿帝国占领。帖木儿担心花剌子模会威胁到撒马尔罕,下令毁掉玉龙杰赤。16 世纪,花剌子模有所恢复,但又碰上阿姆河改道，玉龙杰赤被彻底废弃。

失去水源，玉龙杰赤人又在东南 160 公里处重新建立起一座城市，这就是现在的乌兹别克斯坦花剌子模州首府乌尔根奇。新城根基不稳，方兴未艾，商贸活动自然流入曾经的丝路驿站希瓦（Hiva）。如此一来，希瓦就成为该地区最重要的城市。随后乌兹别克昔班尼人进入花剌子模，建立希瓦汗国，与布哈拉、浩罕称"中亚三汗国"。

1740 年，希瓦被阿夫沙尔（Afshar）王朝的纳狄尔沙攻占，再一次成为波斯人的前哨。19 世纪，沙皇俄国开始扩张，先后吞并"中亚三汗国"。1920 年，苏联红军建立花剌子模苏维埃人民共和国，因其领导人有民族主义倾向，于是在 1924 年被并入新成立的乌兹别克苏维埃社会主义共和国。

如今，土库曼斯坦境内的库尼亚 – 乌尔根奇大部分深埋于地下，只有穆罕默德苏丹的祖坟和其他零星遗迹，成为库尼亚 – 乌尔根奇的标志。2005 年，库尼亚 – 乌尔根奇因为独特的文化历史，被联合国教科文组织列为世界文化遗产。乌兹别克斯坦乌尔根奇周围，则留下许多花剌子模的城镇和堡垒遗迹。当地旅游局将乌尔根奇北部的 50 余座要塞（Elliq Qila）称"古花剌子模金环"，以吸引远道而来的旅人访古探幽。

露天博物馆希瓦古城

五个半小时后，列车准时抵达希瓦。古城就在车站西边，还不到六点，我便徒步入城。穿过一段灰尘斗乱的砂石路，一座像清真寺的塔门，不甘寂寞的尖顶建筑从两边蜿蜒伸展的泥墙后面冒出来，仿佛走进中世纪沙漠绿洲。这就是希瓦古城，中世纪的奴隶交易中心，多少带点儿神秘和恐怖，教人急欲探索。

迎面遇见一群小孩，跟着他们很快找到一家客栈。回头一看，不禁哑然失笑，原来就在希瓦最高的宣礼塔旁边，用不着担心迷路了。

最后的奴隶交易中心

以前的丝路客商夸张地叫嚷："我愿出一袋黄金，但求看一眼希瓦。"无非是想表达这个被神光照耀的地方，路途坎坷，很难到达，让人联想到丝绸之路、野蛮部落和奴隶商队，以及穿越沙漠和草原的冒险旅程。

相传，大洪水过后，先知诺亚（Noah）的儿子闪（Shem）流落沙漠，在睡梦中看见 300 支燃烧的火把。于是，他根据火把位置建起一座船形的城市，然后又挖了一口"快乐"（Kheyvak）

井，而这井水有种奇异的味道。不管你信不信，希瓦因"快乐"井而得名，但古城已不再是船形。当然，还有一种直接的说法，突厥语"花剌子模"，简化后就是"希瓦"。

实际上，希瓦在丝绸之路上的地位，远不如库尼亚——乌尔根奇。声名鹊起的原因，恐怕是比布哈拉更为兴盛的奴隶市场。18世纪，大批俄国奴隶被贩卖至此，尼古拉·穆拉维约夫上尉（Nikolay Nikolayevich Muravyov）在《1819至1820年土库曼与希瓦旅行记》中记载："最初的一批俄国奴隶是1717年远征失败后的幸存者，后来的奴隶多数是吉尔吉斯部落在奥伦堡（Orenburg）附近绑架、劫掠的俄国士兵和定居者，或是土库曼人在里海附近抓获的渔夫及其家人。"据说当时希瓦汗国有超过3000名俄国奴隶，"他们因饥寒交迫和过度劳作，经受着闻所未闻的痛苦，忍受着各种形式的侮辱"。

所谓"1717年远征"，因为沙漠盗贼横行，通商受阻，沙俄便派出远征军4000人以打击野蛮部落为名，来到希瓦。或许希瓦人觉察到沙俄野心，不再谈及结盟往事，而是以分散款待为由，设计全歼俄国人。

值得一提的是，穆拉维约夫本来想借机刺探军情，为将来征服希瓦汗国做准备，自然也没能带回奴隶。1840年6月，

希瓦古城，一个小男孩骑车经过古城门

一位年轻的英国军官——莎士比亚（Richmond Shakespear）中尉，利用如簧巧舌，居然说服希瓦国王，将 416 名俄国奴隶全部释放。军队没有完成的任务，他仅凭三寸不烂之舌就顺利解决。为什么？因为当时的中亚穆斯林汗国已经是欧洲列强眼中的肥肉，他们不想让俄国以奴隶为借口捷足先登。为此，俄国人一边宣扬莎士比亚的丰功伟绩，一边暗自咒骂。英国更是将他奉为英雄，又是表彰又是授爵，因为他"剥夺了沙俄对希瓦发动新一轮攻击的所有借口"。

请注意，这是在 1840 年。世界在冒险，而我们呢？

19 世纪中叶，正是因为穆拉维约夫在远东的军事行动，清政府丢掉了黑龙江以北的领土，"一块大小等于法德两国面积的领土和一条同多瑙河一样长的河流"。中国自汉唐以来，鲜有开疆拓土的猛士，开始变得保守畏缩，乐于偏安，最终导致百年耻辱，教人"长太息以掩涕兮"。

沙俄远征希瓦失败后，改变策略，相继征服哈萨克、浩罕和布哈拉。1879 年，俄国人再次远征希瓦。毫无悬念，希瓦最后一位国王成为"全俄皇帝的卑顺奴仆"，直到死在苏联的监狱里。

希瓦就这点历史能拿出来说一说，帖木儿以前的故事，都被玉龙杰赤抢尽风头。从 20 世纪 70 年代开始，苏联人为保护古城原貌，几乎迁出全部居民，将整座希瓦内城（Ichon-Qala）辟为博物馆，包括皇宫、监狱、陵墓、经学院、清真寺、宣礼塔和名人故居等遗迹。1990 年，希瓦内城被联合国教科文组织列为世界文化遗产。2017 年开始，由中国文化遗产研究院承担的"援乌兹别克斯坦花剌子模州历史文化遗迹修复项目"拉开序幕，总有一天我们将会看到中国团队修复后的文化遗产。

再次出门的时候，已经是夕阳满城。土黄的砖墙、湛蓝的圆顶、高耸的尖塔，都沐浴在金黄色的氤氲里。顺着曲曲折折的老巷，只见孩子们席地而坐，正在玩一种纸牌；头戴四角帽、身穿长外套的闲汉高谈阔论，仿佛他们就是世界的中心；街头悠闲的摊贩们，将落日的余韵经营得恰到好处。而这一切，被十来米高的城墙包围，这样一幅中世纪沙漠风情画卷，的确值得用黄金兑换。

售票处在西门外，又叫"父亲门"，是古城的主要出入口，重要的建筑遗迹就在贯穿东西塔门的大街两边。从西门入，路北是希瓦汗国的皇宫（Kuhha-Ark），初建于 12 世纪。宽敞的庭院里面有监狱、宫殿、马厩、兵营、造纸厂、清真寺等。夏季清真寺（Kunya-Ark）的装饰非常漂亮，雕刻得细脚伶仃的

廊柱引人注目。而原来的议政厅和造纸厂，现在都是博物馆。一直往里，穿过一扇门，通过楼梯可以登上内城最原始的堡垒（Ak Sheikh Bobo）。

这座堡垒和伊斯兰·霍贾（Islam Khoja）宣礼塔需要单独买票，我计划明天再来。皇宫出来的广场是处决因犯的地方，对面是穆罕默德·拉希姆汗（Mohammed Rakhim Khan）经学院，现辟为历史博物馆，陈列着一些旧照片，以及铜壶、兵器、衣饰，还有一些来自中国的瓷器。

路南有根外壁用青绿色瓷片装饰的圆柱，看起来毫无技术含量，但其实是一座宣礼塔（Kalta-minor）。据说原计划要高过布哈拉的卡扬（Kajan）宣礼塔，但希瓦国王未能等到竣工就死了，所以只留下我们看到的"胖墩儿"，旁边是经学院改建的三星级酒店。

从此往东200米，路南就是19世纪晚期重建的星期五清真寺（Juma Masjid），大厅由218根雕刻精美的木柱支撑，其中112根来自10世纪的清真寺。高达47米的宣礼塔，现在已禁止攀登。星期五清真寺周围大大小小的经学院，现在都是博物馆，隔壁的音乐博物馆值得驻足，里面有织在地毯上的当地音乐人的画像。

古城墙上的碉楼，能看得更远

再往前百十来米，即为东门。路北有座石屋（Tosh-Hovli），源自波斯的一种透风的宫殿，比西边皇宫更奢华，现在是手工艺品博物馆。如今东门附近好几座经学院围着一个巴扎，像我一样从布哈拉方向来的游人，正是踏着商队的足迹走进希瓦古城。

从此往南百十来米，就是伊斯兰·霍贾经学院，高达57米的宣礼塔是古城的地标。经学院现在是希瓦最好的博物馆，展出花剌子模各个时期的工艺品、木雕、珠宝、地毯等。据说伊斯兰·霍贾是希瓦汗国最有见地的人，他将电报首先引入希瓦，而且还修建了一座医院，可惜后来遭到暗杀。

旁边有座古色古香的院落，为家庭丝织作坊，几个妇女坐在一张大床上刺绣。看到我进去，她们点头致意。里间还有个手工地毯作坊，和中国农村家庭作坊一样。附近还有木雕作坊，清真寺和宫殿中细脚伶仃的雕花木柱就出自他们手里。

古城总计有50多座历史古迹和超过250座老房子，而其中16座经学院多数是博物馆。确切地说，整座古城就是一个露天博物馆，即使古迹遍地的布哈拉和埃及卢克索（Luxor），也达不到这样的效果。如果仔细参观，一天恐怕都看不完。而且，希瓦是花剌子模文物最多、也最能代表古花剌子模的城市，值得多花点时间琢磨。

华灯初上，又转悠到石屋门前。这里有家"花剌子模艺术餐馆"，有许多外国游客，我便挑张空位落座。希瓦是座纯粹的旅游城市，除客栈和商铺，没有几户人家。入夜时分，街道已经安静下来。驻唱歌手沙哑的声音听起来如此沧桑，如风沙掠过窗户。今晚，我必须要喝上一杯。

热闹的古城

希瓦有三处登高望远的地方，一是伊斯兰·霍贾宣礼塔，二是皇宫堡垒，三是北门附近的一段城墙。如果起来得够早，就爬上城墙去看希瓦全貌。因为堡垒和宣礼塔开放时，阳光已经照遍每一个角落，所以不如在傍晚时分登临，欣赏落晖夕照中的希瓦。

从城墙上下来，突然发现街头已经有许多身着传统服装的人，演员似的，站在各个路口的空阔处。希瓦以乌兹别克人为多，也很好辨认，通常花帽长袍，再传统一点，还会蹬双长筒靴。

最有特色的是土库曼人，他们有种羊皮帽子，戴在头上，像顶着一整只羊，即便炎炎夏日，他们也不会摘掉。比起哈萨克人和吉尔吉斯人的花毡高帽，土库曼人的长毛羊皮帽更为抢眼。当然，乌兹别克人也戴类似帽子，不过毛要短一些。

女人的打扮则显得欢快华丽。帽子镶金嵌银，极为精致，一袭纱巾从头顶拖至臀部，看起来袅袅婷婷，似乎随时都要舞起来。与中东穆斯林相比，乌兹别克斯坦女人极少蒙面包头，她们的服饰也更为华美。

人愈来愈多，似乎每一处角落，都有盛装的当地男女吹拉弹唱、载歌载舞。就连皇宫前传统的馕坑，都忙碌起来，几个厨娘在熊熊烈焰中制作馕饼。古城调动起自己的每一个细胞，开始热闹起来。

转过一个角落，居然还有个剧组在拍戏。正在化妆的男主角看到我那么好奇，便让化妆师避开，大大方方地让我拍摄。从演员服装道具车辆来看，他们在拍摄近现代丝绸之路上发生的故事。因为车辆就印着"丝绸之路"，还有几个身着制服的黑衣警察，很有民国范儿。希瓦被沙漠封锁，几乎与世隔绝，路途极为凶险，更兼盗贼出没，野蛮部落横行，能够到达这里的商旅行客，少不了传奇故事。

我突然记起，皇宫夏季清真寺每晚都有演出，名为《伟大的丝绸之路》。乌兹别克斯坦对丝绸之路非常重视，将其当成国家品牌来宣传。

盛装的希瓦古城居民

　　次日，先到乌尔根奇。准备从此乘火车回撒马尔罕，然后再转汽车往塔吉克斯坦。乌尔根奇位于阿姆河西岸约 15 公里处，是座典型的苏联风格的现代城市，道路空旷笔直，让人想唱"因为你住在近旁，在相邻的大街上"。估计只有苏联人才会仰仗地盘大，将城市道路建得比机场跑道还宽。

chapter 8

彭吉肯特，粟特城市

chuangno zhongya

城主姓昭武

　　从希瓦到撒马尔罕，一夜火车，次日天亮抵达。然后搭乘出租车至"合租车"停靠点，再东行 40 多公里，就到乌兹别克斯坦与塔吉克斯坦的边境口岸。如今两国人民往来频繁，甚至有人背着整麻袋馕饼过境，真让人开眼。

　　顺利入境，塔吉克斯坦一侧有换汇点，我便将所有的乌兹别克斯坦苏姆（Som）换成索莫尼（Somoni）。索莫尼是塔吉克斯坦货币，1 美元可换 9.5 索莫尼，比人民币略便宜。我顺便向换钱小哥打听，乘"合租车"到彭吉肯特市区每人多少钱？小哥伸出大拇指和食指，答曰 8 索莫尼。

　　刚出门就被一个老爷子捉到他的车上，而且要价 10 索莫尼。塔吉克斯坦似乎有专门以拉客为生的掮客，他们并没有自己的车辆，而是将客人生拉硬拽到别人的车上，大概能分到一点儿拉客费。这种作风，明显要比对面的乌兹别克人彪悍。不过，时近中午，拼车的人不多，半小时后，才凑够四位乘客，我们便直奔彭吉肯特市。

泽拉夫尚河

走进塔吉克斯坦，初来乍到，尚感觉不出明显的差异。这里是泽拉夫尚河谷，包括布哈拉和撒马尔罕以南，一直是粟特人聚居中心。粟特和他们南边的大夏关系密切，纯正的塔吉克人，据说有巴克特里亚希腊血统，都长着一副欧洲人的面孔。

考证认为，这一地区属于中国文献里的昭武九姓"米国"，为粟特地区最东边。《隋书》记载："米国，都那密水西，旧康居之地也。无王，其城主姓昭武，康国王之支庶，字闭拙。都城方二里，胜兵数百人。西北去康国百里，东去苏对沙那国五百里，西南去史国二百里，东去瓜州六千四百里。大业中，频贡方物。"这个记载不太准确，"那密水"今译泽拉夫尚河，从东往西流，"米国"约在中上游，彭吉肯特老城位于泽拉夫尚河南岸，谓其"水西"不太准确，应当是"都那密水南"——当然，不排除河流改道。城主昭武闭拙是康国王支庶，应该没有独立，隶属于康国。"苏对沙那"即今伊斯塔拉夫尚（Istaravshan），考证认为就是《汉书》所载的大宛国都贵山城。

一直以来，粟特地区分别被不同的民族统治。相对而言，彭吉肯特以东至帕米尔高原，远离统治中心，甚少受外来文化的袭扰。9 至 10 世纪萨曼王朝时期，塔吉克民族基本形成，是中亚唯一没有被突厥化的族群。通常认为，他们的祖先是吐火罗、乌孙、粟特和塞人。与其他国家不同，塔吉克人与波斯颇有渊源，他们

雕像

讲波斯语、过波斯年、信奉伊斯兰教。

"塔吉克"是民族自称，意为"王冠"。公元819年，波斯萨珊后裔伊斯梅尔·索莫尼建立萨曼王朝。索莫尼在位时，萨曼王朝成为中亚地区军事强国，使得中亚进一步伊斯兰化。波斯人被阿拉伯征服后，拥护遭阿拉伯贵族排挤的阿里直系后裔为穆斯林领袖，是为伊斯兰什叶派。他们对伊斯兰教法的执行比逊尼派更彻底，对伊斯兰文化的传播更卖力。中亚民族伊斯兰化，与萨曼王朝的推波助澜不无关系。

塔吉克斯坦政府宣扬，萨曼是他们历史上第一个王朝。创建者索莫尼被尊为"塔吉克民族之父"，连他们的货币也叫"索莫尼"，每个城市都有以"索莫尼"为名的广场和公园。实际上，在波斯人眼里，塔吉克斯坦、阿塞拜疆、阿富汗等地区的东伊朗语族，都是"萨喀"，并不算纯正的波斯人。

16世纪，昔班尼建立乌兹别克汗国。还不到百年，便分裂为"中亚三汗国"。塔吉克人隶属于布哈拉，开始被边缘化。19世纪，沙俄吞并中亚，与英国私分帕米尔高原，塔吉克斯坦沦为殖民地。

十月革命胜利，苏维埃社会主义共和国联盟成立。1924年，苏联根据《关于中亚地区民族共和国划界》的决议，开始在中亚按照民族划界，在原三个共和国的基础上，新成立乌兹别克、土库曼两个加盟共和国，塔吉克自治共和国，吉尔吉斯自治州和卡拉卡尔帕克（Karakalpak）自治州。

不知道出于什么原因，苏联人划出来的边界线犬牙交错，如在吉尔吉斯斯坦境内嵌入几块"飞地"，最不可思议的是，将以塔吉克文化为主的撒马尔罕和布哈拉划给乌兹别克斯坦，而把北方以乌兹别克人为主的苦盏（Khujan）划给塔吉克斯坦。不管"分地而治"，还是"分化管理"，在苏联框架内，大家都是"自己人"，划界矛盾并不突出。

1929年10月16日，塔吉克共和国成立，随后加入苏联，塔吉克从附属于俄罗斯的次级政治体转变为与俄罗斯平级的加盟共和国。1991年9月9日，塔吉克斯坦宣布独立。边界问题没有解决，却在次年迎来了内战，这一打，直到1997年才结束。

苏联时期，塔吉克尚能依靠"大锅饭"政策拿到巨额补贴，与其他加盟共和国差别不大。可现在怎么办？海外劳务收入是塔吉克斯坦国家财政的重

罕见的列宁雕像

要来源，每年赚回汇款约 30 亿至 40 亿美元，占到国内生产总值的 40% 以上，其中大部分来自俄罗斯。

不过，从最近的数据来看，塔吉克斯坦是中亚经济增长速度最快的国家，多少算是个安慰。

边境口岸至市中心只有 20 公里，很快就到目的地。彭吉肯特可选的住宿不多，我在市中心的苏格迪（Sugd）酒店安顿下来。看天色阴晴不定，似乎在酝酿雨意，便收拾了一下，又返回边境方向的萨拉子目（Sarazm）遗址。

萨拉子目公主

刚落过一阵小雨，街头的月季就像带泪的美人，楚楚可怜。其实，花容已经略显憔悴，这一星半点的露珠，倒像牵动她的伤心事。于微风中的嫣然一笑，甚是凄婉，教人不忍细品。

彭吉肯特意为"五个定居点"，也译作"片治肯特"，可能最初由五座村镇发展而来。彭吉（Panj）是塔吉克语中的数字"五"，如喷赤（Panj）河，因其源流有五而得名。或许受到"喷赤河"启发，也有些汉语著作将彭吉肯特译为"喷赤干"。

东西走向的鲁达基（Rudaki）路将小城分为两半，路南是主要的居民区，路北有市场和巴扎，再北就是泽拉夫尚河。塔吉克人也有他们的精神偶像，文尊鲁达基，武崇索莫尼，当地人在城市最显眼的位置为他们树碑立像。

鲁达基出生于今天的塔吉克斯坦，自幼双目失明，但聪慧过人，八岁能背诵《古兰经》。在文学、哲学、音乐、天文学方面都颇有造诣，被喻为"波斯文学之父""呼罗珊体"诗歌的奠基人。半生侍君，晚年失宠，于941年在贫病交加中离世。

在彭吉肯特，有一座鲁达基公园，一座鲁达基博物馆。索莫尼雕像则矗立于市中心广场，占据最显眼的位置。

事实上，彭吉肯特可游览的景点不多，除萨拉子目、彭吉肯特古城和鲁达基博物馆外，如果不去南部的范恩（Fan）山远足，就只能在市区逛逛大巴扎和经学院。

终于等到3路公共巴士，其实就是辆小面包，但中途又将我"卖"给一辆私家车。兜兜转转，总算到达萨拉子目村。司机见我有些愤怒，便直接走了，没再索要费用。

老彭吉肯特城废墟

　　萨拉子目村有些奇特，正好位于泽拉夫尚河变宽处。再往西几公里，突厥斯坦山和泽拉夫尚山突然向两边分开，形成一片富庶的绿洲，粟特人自古生活在这里。

　　周围有些人家，但静悄悄地，没有谁发现我进村。不远处散落着几个铁棚，或许就是萨拉子目考古遗址？转入小路，一排简易的蓝色房子，门前站着一位中年胖哥，便向他打听萨拉子目考古博物馆。他指着矮墙边随意堆放的石器说，就在这里。

　　无非一些石杵、石臼、石块和石片，我有些哭笑不得。如果在博物馆里看到，就是走进"石器时代"，但这样堆放，

萨拉子目挖掘现场

萨拉子目遗址

还以为砌墙的材料呢。他见我有些疑惑，解释说："博物馆正在筹建，仓库里有些文物，但重要的都在彭吉肯特和杜尚别。"我问旁边的雕像是谁，他说是伊沙科夫（A. Isakov）教授，组织发掘研究萨拉子目遗址的带头人。他拉开办公室门，让我进去参观。房间布置极为简陋，里面坐着两个女职员，一眼就能望到底，还参观什么呢？

辞别胖哥，前行几步就是一片荒原，占地约 1500 亩，四面被农田和村庄包围，里面有五个铁皮大棚，显然就是萨拉子目古城的原型城市遗址。挖掘还在进行中，轰隆轰隆的"徐工集团"推土机不时带起巨大的灰尘，让人无处躲避。工作人员看到我来，微笑着点头，示意可以走进里面参观。

萨拉子目古城的原型城市遗址是公元前 4000 年至公元前 3000 年的人类定居点，青铜时代中亚最大的冶金中心和重要的贸易城市。据说在 1976 年，有个萨拉子目村民在附近捡到一把青铜斧，将其交给考古学家伊沙科夫。于是，埋在地下的古城重见天日。考古结果令世人震惊，萨拉子目是中亚最早的古城之一，约与埃及人建造金字塔时间相当。因遗址的完整性和真实性，于 2010 年成为塔吉克斯坦第一个世界文化遗产。

从挖掘还原的遗址来看，能分辨出土坯砖墙和街道走廊，约略还有寺庙、住宅、作坊。房间最醒目的位置，有方形或圆形的祭坛。根据旁边牌子的介绍，萨拉子目虽然年代久远，但出土文物丰富，有石器、兵器、玉器、陶罐等，数量最多的竟然是精致的珠宝项链和手镯，包括本地不产的天青石和绿松石。说明很早以前，这里的贸易已经很发达。

最著名的文物要数公元前 4000 年的"萨拉子目公主"（Sarasmean Princess），发现时屈腿躬背，如刺猬抱团。因骸骨周围散落大量精美的珠玉饰品，包括来自印度的手镯，证明她出身高贵，因此被称为"萨拉子目公主"，可能比"楼兰公主"更早。她虽然感知不到现代社会的喧嚣，但却带来 6000 年以前的人类信息。

另外一件宝贝是圆柱印章，滚动后印出一头公牛图案，原理与著名的"居鲁士圆柱"一样。由此推断，这里曾经崇拜公牛，与印度颇有渊源。

突然听到有人在后面打招呼，回头一看，是两个风尘仆仆的年轻小伙子。其中一个会点儿中文，自云曾在福建学习过，看到我像中国人，是以问候。他们是这里的工作人员，相互介绍一番，我便迫不及待地向他请教问题。

"我看到许多圆形或者方形的祭坛，当时的居民信仰什么宗教？"

"那时的人们信原始宗教，崇拜太阳神，祭坛应该供奉火。"

"拜火教是不是由此而来？"

"间隔跨度有点长，不一定有必然联系，但我们这里确实信仰过拜火教。"

他俩带我去参观另外两个大棚，告诉我哪里是烧陶窑，哪里是祭火坛。末了，他指着五个铁皮大棚说："你知道吗？萨拉子目没有城墙，也没有明确的规划。不同的大棚下面是不同时期的遗址，但它们基本都处于同一个平面。"我四面张望，这才注意到，复原的遗址只是扒开上面的浮土层。相互离得这么近，为什么后来的人没有在原址重建？

中国的古城通常层层叠叠，比如广州南越王宫遗址，就有七个时期的重叠文化层。我问为什么会有这种情况，他说："萨拉子目是持续繁荣的原始城市，能满足不同人们的需求，如游牧部落、农耕民族和手工业者都能在这里生活，而且还存在远距离的商品贸易和文化交流。"

汉语夹杂英语，许多专业术语，听得我有点糊涂。思考

古城残存的拜火教寺庙遗址

一番，大致是说，因为地处泽拉夫尚河谷，衔接河中绿洲与河谷山地，既有种田的丘陵坡地，又有放羊的绿洲草场；而后在青铜时代发现矿产资源，产生冶金技术；最后由于四通八达的贸易网络，所以城市不断扩建。也就是说，由于不同文化在不同时期出现，中间持续繁荣，才形成同一地区的不同聚落。

和现在的发展差不多嘛，原来三环外属郊区，现在变成市中心。我参观过中国澧县城头山遗址，被誉为"中国城祖，世界稻源"，据说距今 6000 年至 4800 年，约与萨拉子目时间相若。令人惊讶的是，所出文物高度相似，有祭坛、骸骨、陶器、珠宝、水稻。不同的是，城头山古墙剖面能清晰看到五个不同时期的夯土层。

我依然深感惊讶，至少在 5500 年前，这里就是发达的贸易城市，尤其锡、金市场。相对来说，丝绸之路就显得太年轻了。

"粟特人真会经商，"我赞叹道，"他们积极获取财富时，多数人还在吃树叶子呢。"

"当时这里也未必就是粟特人。"他笑着说。

"他们为什么会突然消失呢？"

"很难说，战争、灾难、饥荒都有可能导致城市消失。"

"与现在的城市跨度有点大。"

"是啊，彭吉肯特东南还有座古城，你应该去看看。"

我加他微信，才知道他叫哈兹拉特库洛夫（Yunusjon Hazratqulov），一个俄罗斯名字。当然，读过书的塔吉克人几乎都有俄文名字。现在是他的工作时间，不宜过分叨扰，便客套一番，挥手告别。

在路边找到一辆黑车，我告诉他直接去老彭吉肯特发掘考古博物馆。

永徽时为大食所破

苏联时期，塔吉克人改用以西里尔字母（Cyrillic）为基础的塔吉克文。现在的情况是，平原塔吉克人能和波斯人面对面吹牛，但他们都看不懂对方的文字。就像离散多年的兄弟，双方的距离愈来愈远。而帕米尔山地塔吉克族和新疆塔吉克族使用中古法尔西（Farsi）语，与波斯人可以跨越时空对话。

因为没搞清准确的名称，去彭吉肯特古城遗址颇费周折。我在网上搜出一张标志性的图片，边导航边打听。穿过郊区村落，进入山口，爬上一堆城堡样的废墟。感觉面积太小，便继续向前。半小时后，终于看到被半熟的麦田包围着的"老彭吉肯特发掘考古博物馆"。

博物馆很小，门前种满月季花，随风摇曳，花气袭人，倒让人欢喜起来。馆长坐在田埂上和人拉家常，看到有远客来访，才开门迎接。庙小留不住大神，这里只有一些陶罐残片和重要文物的复制品。不过，馆长还是认真讲解，从布帛钱币到壁画碎片，从拜火教骨灰瓮到"粟特舞娘"，从阿拉伯人破城到年轻的苏联考古学家，清清楚楚。显然，古城出土的文物，以5世纪的壁画碎片最为重要，其次是7至8世纪的"粟特舞娘"。"粟特舞娘"是一段被火烧焦的木雕残件，或许就是唐人笔下的"胡旋女"，现在是彭吉肯特古城的标志。

粟特地区因遭阿拉伯人和蒙古铁骑蹂躏，能展现他们辉煌时期的遗物不多。壁画尤其珍稀，除撒马尔罕阿夫罗夏伯外，就数这里重要。鲁达基博物馆有一小部分，其他在杜尚别和圣彼得堡冬宫（Ermitage）博物馆。壁画虽然残缺不全，但内容丰富，从粟特贵族征战、游猎、宴饮到宗教故事，反映出当时的社会风貌和宗教文化。显然，中古时期的彭吉肯特，不仅是重要的贸易城市，也是各个文明交汇的中心。

古城入口有考古学家马尔沙克（Boris Marshak）墓。苏联于 1946 年开始对老彭吉肯特进行考古发掘，1954 年，21 岁的莫斯科大学考古系学生马尔沙克来到彭吉肯特。他这一干就是五十多年，最后长眠于古城入口。还有几块牌子，贴着古城复原图，能看出曾经的风貌。

作为"商人之城"，老彭吉肯特曾是丝路最繁华的大城市之一，依靠经营从中国到地中海沿岸的商品贸易，积累了大量财富。据称鼎盛时期，彭吉肯特古城有上千家骆驼旅馆，附近国家的商人都会来此赶集。所以在古城出土的大量钱币，除本国外，也有来自康、安、石诸国的货币。

其实，仅凭文字难以想象古代彭吉肯特的繁华富庶和商业地位。如果翻越突厥斯坦山，前往费尔干纳盆地走上一遭，就会明白萨拉子目和彭吉肯特的重要性。有人夸张地感叹："就像一个饥渴的光棍望着美少女在自己身边欢畅跳跃，但却沾不到一点雨露，那是一种多么撕心裂肺的熬煎呵？这种熬煎在翻过突厥斯坦山后突然结束，泽拉夫尚河谷豁然开朗，将土地滋润得肥沃富庶，彭吉肯特就是那个最幸运的城市。"我后来翻越突厥斯坦山，对这段话深有感触。

阿拉伯人从 7 世纪开始入侵粟特，公元 706 年，阿拉伯名将屈底波（Qutaybah ibn Muslim）率军直逼彭吉肯特。昭武九姓诸国闻讯后，派兵围攻阿拉伯军队两个月。背水一战的屈底波最终击败粟特联军，围困彭吉肯特50天。第一次破城后，彭吉肯特人请求投降，屈底波同意，派副将率部留守。但他还没走远，就传来留守军队全部被杀的消息。据说副将暴虐，强抢富商的女儿，结果引发众怒。屈底波再次攻破彭吉肯特，杀死所有抵抗者，劫掠一番，规定贡赋额度后，继续攻打其他粟特城市。

屈底波走后，粟特贵族迪瓦什蒂奇（Divashtich）成为领袖。他最初顺从阿拉伯人统治，甚至将自己的孩子送去当人质。公元720年，迪瓦什蒂奇联合几位粟特领袖发起反抗阿拉伯人的战争，722年兵败被俘。阿拉伯人纵火烧毁彭吉肯特，将迪瓦什蒂奇斩首，遗体钉在拜火寺庙前示众，头颅被带到伊拉克。迪瓦什蒂奇是最后一个反抗阿拉伯入侵的粟特首领，被后世尊为民族英雄。

迪瓦什蒂奇死后，彭吉肯特逐渐没落，于8世纪末完全废弃，只留下这些断壁残垣供今人发掘考古。后来的人们在西边1.5公里处重建新城，这就是现在的彭吉肯特。

挖掘考古表明，彭吉肯特始建于5世纪，7至8世纪臻于繁荣。中国典籍有许多记载，《新唐书》云："米，或曰弥末，曰弥秣贺。北百里距康。其君治钵息德城，永徽时为大食所破显庆三年，以其地为南谧州，授其君昭武开拙为剌史，自是朝贡不绝。开元时，献璧、舞筵、师子、胡旋女。十八年，大首领末野门来朝。天宝初，封其君为恭顺王，母可敦郡夫人。""钵息德"或为彭吉肯特、喷赤干对音？ 10 世纪阿拉伯舆地学家伊斯泰赫里（al–Istakhri）记载过二个"Mâymurgh"，其中一个就在撒马尔罕附近，当为《新唐书》所记米国、弥末、弥秣贺，曾是大唐羁縻州。

又，《册府元龟》记载，永徽五年（654 年）五月，"大食引兵击波斯及米国，皆破之。波斯五（王）伊嗣侯为大食所杀，伊嗣侯之子卑路期（斯）走投吐火罗，遣使来告难。上以路远不能救之。寻而大食兵退。吐火罗遣兵援立之而还"。从时间上看，大食在征服波斯，进抵河中，顺道洗劫了米国。但城市还在，一直到倭马亚时期，古城被阿拉伯人彻底摧毁。

各种迹象表明，这座古城就是《新唐书》中的"钵息德城"。沿着一段新修的台阶上去，即为东南角楼。站在这里，周围风光尽收眼底，古城分外城、内城和城堡（Ark）三部分，城墙里面是内城。城堡位于西面山头，原有小桥与内城相连，现存城墙和宫殿遗迹，是统治者居住的地方。我刚才爬上的废墟，就是城堡。内城街区纵横，人家参差，主道宽三至五米，两边是住宅（Shakhristan）、商店（Rabad）和作坊，还有两座拜火

神殿壁画，拜火教哭丧场景

神殿壁画，双陆棋，或称十二子棋

教寺庙。富人住两层小楼，一层有储藏室和通往第二层的螺旋梯；第二层是用壁画装饰的大厅，以雕刻精美的木柱支撑。

壁画是彭吉肯特古城最重要的文物，已经在超过 50 个房间遗址中有所发现，其中一些保存完好。通常大厅主墙的壁画绘守护神，其他三面墙绘节庆典礼、征战游猎、萨珊英雄史诗和民间传说，甚至波斯史诗《列王纪》中的鲁斯塔姆（Rustam）、印度史诗《摩诃婆罗多》中的湿婆、两河流域的女神娜娜（Nana）等形象。彭吉肯特古城壁画说明，粟特人虽然信奉拜火教，主要继承波斯文化，但兼容并蓄，能够接纳其他外来文化。

唐朝时，九姓胡人大量涌进中国，甚至出现安禄山这样的豪门望族，他自称粟特人"光明之神的化身"，一度搅得唐王朝天翻地覆。西安西郊三桥所出《米继芬墓志》曰："公讳继芬，字继芬，其先西域米国人也，代为君长，家不乏贤。祖讳伊西，任本国长史。父讳突骑施，远慕皇化，来于王庭，邀质京师，永通国好。特承恩宠，累践班荣。历任辅国大将军，行左领军卫大将军。……夫人米氏，痛移夫之终，恨居孀之苦。"从墓志看，他承袭父业，以米国质子身份于大唐军中任职，亦证实米国王族间的通婚习惯。

如今所见古城街道，一片废墟。但同时也发现酒槽、铁器铺和玻璃作坊遗址。粟特人擅冶金，以制造甲胄闻名，甚至当成国礼献给唐玄宗。开元六年（718 年），"康国遣使贡献锁子甲、水精杯、马脑瓶、驼鸟卵及越诺之类"。城南发现50 多座墓葬，出土许多拜火教独有的骨灰瓮、火祭坛，刻有十字架的景教墓碑。

自阿拉伯入侵以来，康、安、石、吐火罗、俱密等国都上书向唐朝求援。开元十五年（727 年），吐火罗叶护遣使上表称："奴身今被大食重税，欺苦实深。若不得天可汗救活，奴身自活不得，国土必遭破散，求防守天可汗西门不得。伏望天可汗慈悯，与奴身多少气力，使得活路。又承天可汗处分突骑施可汗云：'西头有事委你，即须发兵除却大食。'"

简直就是声泪俱下，铁石人儿也动心肠，但唐朝不允。

傍晚的锡尔河

史学家白寿彝说："唐朝不允，可见唐朝已不能拥有霸权，保护蕃国。"其实，唐朝也在行动，直到天宝十年（751年）高仙芝兵败怛罗斯。

"麦甸葵丘，荒台败垒，鹿豕衔枯荠。正潮打孤城，寂寞斜阳影里。"古城占据整个山头，居高临下，虽然取易守难攻之势，但却挡不住阿拉伯人的一把火。穿过齐腰深的野草，登上古城北墙俯瞰，见泽拉夫尚河如一条明净的缎带，流过新城市的边缘。几个塔吉克牧人赶着羊群穿过古城荒丘，很想聊上几句，但语言不通，只能手舞足蹈地打个招呼。

夕阳衰草，牛羊欲下。这等情境，正所谓"当时门前走犬马，今日丘垄登牛羊"。念及过往，教人怆然欲泣。

chapter 9

苦盏，西端锁钥

chuanguo zhongya

翻过突厥斯坦山

刚出彭吉肯特，就遇上无边的风雨，真个是苦雨一盏。司机老哥接到个电话，又返回来，拉上两位女士，才算是正式出发了。

今天是"六一"儿童节，小孩子们打扮得花枝招展，欢呼雀跃，连死板的城市也仿佛活泼起来。但这种阴晴不定的天气，让人担忧，毕竟雨中的突厥斯坦山不怎么好客。到苦盏约250公里，先沿泽拉夫尚河向东90公里，再接从杜尚别到苦盏的M34公路，继续北行翻越突厥斯坦山，即达苦盏。

泽拉夫尚河两岸山势突兀，怪石嶙峋，几乎是生命的禁区。雨越下越大，河谷巉岩就像灌不满的嘴巴，依旧是干涸枯竭的愁苦相，令人望而生畏。想想看，一个焦渴的旅人，翻山越岭找到水源而不能享用。而这时候，彭吉肯特出现了，她就是那个能让你一亲芳泽的"胡姬"。

突厥斯坦山就像一块被砸烂的焦炭，满视野都是碎片。

汽车贴着扎明（Zaamin）国家公园一直向北。古道蜿蜒，雨雾迷蒙，一路盘升，直至积雪连天。不时和迎面而来的转场牧群相遇，汽车便像蜗牛一样爬行，以免冲撞到那些湿漉漉的牛羊。如此苍凉厚重的景致，让人倒吸一口凉气，丝毫不敢马虎。当年的亚历山大和阿拉伯人应该不会走这条路，即使从撒马尔罕出发，也要比翻越突厥斯坦山容易。

这条公路由中国援建，包括超过5公里的沙赫利斯坦（Shakhristan）隧道。总统先生在交接仪式贺词中说，隧道贯通客观上完成了丝绸之路的复兴，成为连接亚欧大陆最短的通道，使塔吉克斯坦走出交通瓶颈。

终于穿过沙赫利斯坦隧道，眼前豁然开朗。隔着一座山，仿佛两个世界。山北地势平缓，天气晴朗，阳光明媚。广袤的原野和草场黄绿错综，一派中亚草原风光。

伊斯塔拉夫尚（Istaravshan）到了，司机将在此小停。小城有2500年历史，穆格山（Mug Tepe）还能看到被亚历山大摧毁的粟特要塞和城墙。考古认为，这里可能是史书所载的宛都"贵山城"。贰师将军李广利第二次远征大宛，迫降宛人，取天马而还。

《汉书》记载，太初三年（公元前102年），贰师将军李广利至宛城，"宛兵迎击汉兵，汉兵射败之，宛兵走入保其城。贰师欲攻郁成城，恐留行而令宛益生诈，乃先至宛，……围其城，攻之四十余日……宛贵人谋曰：'王毋寡匿善马，杀汉使，今杀王而出善马，汉兵宜解；即不，乃力战而死，未晚也。'宛贵人皆以为然，共杀王。"

李广利绕过郁成城，直袭大宛都城贵山城，断其水源，围城40余日，迫使大宛贵族杀死他们的国王毋寡，持其首级赴汉营求和。李广利权衡利弊，允许大宛贵族求和，"取其善马数十匹，中马以下三千余匹"而还。

晋以后此地属昭武九姓东曹，《隋书·西域传》作苏对萨那，《大唐西域记》作窣堵利瑟那，《新唐书·西域传》云："东曹国或曰率都沙那、苏对沙那、劫布瘚（zhuó）那、苏都识匿。"还是苏联时期的汉译名字乌拉秋别（Ura–Tyube）好听，像一首诗的标题。这里可能是最远的粟特城市，或者是从粟特到突厥的过渡段？

停留时间太短，只能匆匆看一眼街头那些充满伊斯兰风情的、被人遗忘的圆顶建筑。

过了伊斯塔拉夫尚，就是一马平川的费尔干纳盆地。四个半小时后，终于抵达苦盏。颇费一番周折，在索莫尼桥头找到一家酒店安顿下来，稍事收拾，便出门往锡尔河畔。其实相距不远，但当我赶到桥上时，太阳已经落山，只剩天边几片淡淡的红云。

锡尔河，波斯语称亚克萨尔特（Jaxartes）河，意为"明珠"，汉译"药杀水"，堪称绝妙；阿拉伯语叫细浑（Saihun），汉译"睢合水"或"细浑河"；《元史》及明初使臣的著述中，则多译为忽毡河。"忽毡"极富中古味道，也更接近当地人读音。城名"苦盏"，恐怕也是"因河而起"。

作为中亚地理和文化的分界线，锡尔河水色旖旎，烟波浩渺，以北是广阔的草原，以南是河中地区。我来苦盏的主要目的，就是为看一眼锡尔河。如今站在她身边，自是感慨万千。从古到今，不知道有多少帝王将相，饮马锡尔河，在此建功立业；也不知有多少士卒百姓，埋骨锡尔河，在此生离死别。居鲁士、亚历山大、屈底波来过，成吉思汗、帖木儿也来过。正是这样的生死轮回，才书写成一层一层的历史。

波斯帝国在征服费尔干纳的时候，付出了血的代价。希罗多德（Herodotus）在《历史》中记载，居鲁士征讨马萨革泰人时，在阿拉克赛斯（Araxas）河畔被其女王托米丽丝率部击溃。

居鲁士战死,头颅被浸入盛血的皮囊中,以实现让他"饱饮鲜血"的承诺。一般认为,马萨革泰是斯基泰(塞)人的一支,阿拉克赛斯河就是锡尔河。

然而,也有人认为苦盏最早为亚历山大所建,但东边300公里外的奥什(Osh)也有同样的说法。不过,两城都拿不出可信的证据,姑妄听之。

在中国,张骞是发现费尔干纳(大宛)的第一人。《史记·大宛列传》记载:"自大宛以西至安息,国虽颇异言,然大同俗,相知言。其人皆深眼,多须髯,善市贾,争分铢。"唐僧玄奘来时,怖(pèi)捍(拔汗那)国"人性刚勇,语异诸国,形貌丑弊"。一句"形貌丑弊"让人哑然失笑,这与他所见的窣利(粟特)人"形容伟大,志性恇怯"极不相称。这说明唐朝时,费尔干纳已经突厥化,主体民族不再是粟特人。

沿锡尔河南岸拉赫蒙·拉比耶夫路东行,经过鲁达基公园和独立纪念碑,还有一座桥。凭栏东望,一座半月形沙洲静卧河心,将水流一分为二。13世纪的波斯史学家志费尼在其《世界征服者史》里说,1220年,蒙古大军首次西征,攻击花剌子模。第三路军打到忽毡城下,投鞭锡尔河,遇到花剌子模名将帖木儿·灭里(Temur Malik)率部据守江心岛。

突厥斯坦山和中国援建的沙赫里斯坦隧道

河面宽阔，弓矢不能近，蒙古军役夫投石填河。帖木儿·灭里便造密封的蒙毡战船若干，日夜突袭阻挠，但终因力量悬殊，死战不敌，只得突围。大军沿河紧追，战到最后，帖木儿仅余三箭，且有一支无镞。危急时刻，他勒马回身面对冲在最前头的三个蒙古兵，用秃箭射瞎一人，再用两支箭比画恐吓。其余二人果然害怕，停止追击，帖木儿才得以脱身，逃往花剌子模。

这位帖木儿虽然没守住苦盏，但表现英勇，所以被苦盏人奉为民族英雄，比乌兹别克人追捧的那位跛子帖木儿早 100 多年。

华灯初上，从拉赫蒙拉比耶夫路返回，卡马尔·苦盏地（Kamal Khujandi）公园东北角有六尊雕像，有文有武，有男有女，应是苦盏人心中的偶像。左起分别为托米丽丝、迪瓦什蒂奇、伊本·西纳（Abu Ali ibn Sina）、阿布·马哈茂德（Abu Mahamud Khujandi）、马萨蒂（Mahasti Khujandi）、波波扬·加甫洛夫（Bobojon Ghafurov）。

名字后缀"苦盏地"表明，他们是本地贤达。波波扬是苏联时期的塔吉克斯坦历史学家、政治家，现行 50 元索莫尼纸币人物肖像就是他。托米丽丝就是杀死居鲁士的马萨革泰女王，看到她，让人想起穆天子西巡遇到西王母。

星期四集市

苦盏是中亚历史名城，苏联时期更名为列宁纳巴德，独立后又恢复原名。苦盏也是费尔干纳盆地西端锁钥，古丝绸之路重镇，向来以花园和葡萄闻名，居民以勇敢和善贾著称。

如果说费尔干纳盆地是一个口袋，苦盏就是那个扎在袋口的蝴蝶结。事实上，苦盏的版图像伸入费尔干纳盆地的长颈鹿脖子，使得乌兹别克斯坦东西不能相顾。从费尔干纳盆地到乌兹别克斯坦西部内地，以前要经过苦盏，或者绕道库拉米（Qurama）山区。2016 年，中国为他们修建的长达 19.2 公里的卡姆奇克（Kamchik）隧道通车，才算解决了乌兹别克人的难题。

现在的苦盏是塔吉克斯坦第二大城市，自东而西的锡尔河将苦盏分为南北两半。城市中心位于河南，河北则有学校和工厂，还有座索莫尼花园。苦盏主要的建筑和遗迹都在索莫尼（Ismoili Somoni）大道两边，从锡尔河北岸的索莫尼花园开始，南岸有卡马尔·苦盏地公园、第二次世界大战纪念碑、潘吉尚

星期四集市

别巴扎（Panjshanbe）及其对面的清真寺和陵墓。

索莫尼公园位于锡尔河北岸光秃秃的哥拉·波波伊波（Gora Boboiob）山脚，雕像高耸入云，比彭吉肯特的更加雄伟，左右两尊雄狮，周围有用马赛克拼贴的波斯史诗《列王纪》故事。

河南桥西是卡马尔·苦盏地公园，里面有苏菲派（Sufi）加扎尔（Ghazal）诗人卡马尔的雕像和陵墓。此公出生于苦盏，后移居波斯大不里士，与哈菲兹同龄，是14世纪伟大的浪漫主义诗人。据称他以古老的阿拉伯"加扎尔"诗歌使阿塞拜疆人神魂颠倒，伊朗大不里士有两座他的纪念碑。可以看出，塔吉克斯坦对诗人的尊崇，与波斯一脉相承。

这座公园也是建于10世纪的城堡，据信当时有七座城门和长达六公里的防御工事，现在能看到一部分断壁残垣。修复的东门内是考古和防御工事博物馆，里面有长方形的城堡规划图和19世纪的黑白照片。管理员说，从后面可以爬到城墙上，我刚来到垛口，看到下面广场上有两排穿着制服的俊男美女似乎在训练，便赶紧跑下去抓拍。

隔壁也是修复的城门，现为粟特州历史博物馆。进门就看到全副戎装的帖木儿·灭里，这里的展品多与他有关。按说蒙古人攻来，敌强我弱，帖木儿应该据守城堡，不知道他为什么将视线转移到距此两公里外的江心孤岛？也许志费尼将其当成传奇故事来写，或者山河变换，当初的防御工事与眼前所见相去甚远？

相传苦盏是亚历山大所建的定居点，希腊人称"最遥远的亚历山大城"（Alexandria Eschate），所以苦盏人毫不吝啬空间，用地下大半个展馆的壁画来描绘亚历山大征服中亚的历史。其中有幅图描绘亚历山大迎娶当地首领奥克夏特斯（Oxyartes）的女儿罗克珊娜（Roxana），通常认为，此举是为了改善他和粟特人的关系，但却被部下鄙视。

我总觉得，对粟特人来说，亚历山大是征服者，也是侵略者。但他们似乎不介意，反而以此为荣，有些不可理喻。当然，中亚从来就是各方势力角逐的跑马场，民族血缘极为复杂，很难说谁是敌人。但他们有一个共识，那就是将抵抗蒙古入侵的战士奉为英雄。即使有蒙古血统的哈萨克斯坦，也不怎么待见历史上的蒙古帝国。

旁边展馆内是波斯文化，有波斯波利斯和大流士头像，还有一副将整根原木挖空做成的棺木，听在场的导游讲，这种棺材源自中国。

苻州历史博物馆

出了展馆，花园外的草地上有尊雕塑，一头母狼正在哺育两个小男孩（She-Wolf nursling），与罗马城的传说相似。其实，波斯居鲁士、乌孙猎骄靡身上都发生过"母狼乳婴"的传奇故事。

公元前 7 世纪前后，亚平宁半岛有个国王努米托（Numitor），被胞弟阿穆留斯（Amulius）篡位，其女儿西尔维娅（Silvia）与战神马尔斯（Mars）结合，生下孪生兄弟罗米拉斯（Romulus）和雷穆斯（Remus），篡位者将双子抛入泰伯（Tiber）河。落水婴儿幸遇一只母狼哺乳，后被牧羊人收养。哥俩长大后杀死阿穆留斯，迎回外祖父努米托。努米托重登王位，把泰伯河畔的七座山丘赠给他们建设新都。但罗米拉斯私定城界，杀死雷穆斯，将新都城命名为罗马。这一天就是罗马建城日，即公元前753年4月21日，"母狼乳婴"（Capitoline Wolf）图案也成为罗马市徽。

《古罗马大事记》中写道："一只刚刚分娩的母狼来到被遗弃的两兄弟身边，用尾巴轻抚着婴儿幼嫩的身体。"最早的雕像出自公元前5世纪，15世纪晚期才加入双胞胎。苦盏与罗马不搭界，为什么会有这么一尊雕像？请教相识的杜尚别人，答曰：因为地处丝绸之路重要位置，所以有各国文化元素。

中国典籍中，突厥以金狼头为图腾。《周书·突厥传》记载："突厥者，盖匈奴之别种，姓阿史那氏。别为部落，后为邻国所破，尽灭其族。"天见可怜，阿史那氏只有一个十岁小儿得以幸存，被母狼救活。该小儿成年后，子孙蕃育，渐至数百家。"居金山之阳，为茹茹铁工。金山形似兜鍪，其俗谓兜鍪为'突厥'，遂因以为号焉。"

传说中夹带史实。突厥是匈奴别种，原为柔然（茹茹）铁工。如今的"突厥"，不是单一的民族，而是指属突厥语各民族的统称，包括古代突厥人后裔，也包括历史上受突厥人统治或者突厥化的其他民族。苦盏居民多为乌兹别克人，属突厥语族，与南部说波斯语的塔吉克人不同。

有"狼性"的苦盏人也要围着巴扎转。市井百态，时尚潮流，秘闻轶事，巴扎几乎是苦盏人社会生活的晴雨表。有句话说，不去潘吉尚别巴扎，就等于没到过苦盏。沿着索莫尼大道一直往南，约一公里许，在第二次世界大战纪念碑前往东转，即达潘吉尚别巴扎。

听名字似乎与杜尚别（Dushanbe）是亲戚。确实有关联，杜尚别意为"星期一"，潘吉尚别则是"星期四"，因每周四逢集最为热闹而得名。巴扎建于1964年，兼具伊斯兰和苏维埃风格，是中亚规模最大、货品最全的室内农贸市场。

我跟随一位推着满车馕饼的大妈走进巴扎，果然名不虚传。正是樱桃和杏上市的季节，周围瓜果飘香，令人垂涎。里面两排圆柱撑起拱形大厅，光线从顶部射入，显得通透敞亮。首层有鲜花果蔬、香料干果和熟食馕饼；二楼是服装家居、电子设备和日用百货。整个市场拥挤而有序，与乌兹别克斯坦的大巴扎相比，似乎更热闹更安全。

巴扎对面是星期五清真寺、谢赫·穆斯里希丁（Sheikh Muslihiddin）陵墓和新建的经学院。穆斯里希丁是12世纪苦盏的宗教领袖，据说这座建筑原为清真寺，因停放过他的遗骸而被视为陵墓，也是屡建屡毁，如今所见为16世纪的建筑。

星期五清真寺是现代建筑，而且室内正在维修，不宜参观。门前许多鸽子，被嬉闹的孩子们骚扰，倏尔惊起，盘旋一阵，又飞回来。终究还是经不起食物的诱惑，古云"鸟为食亡"，诚不欺我。

大妈推着小车走向星期四集市

194

chapter 10

杜尚别，月季花城

chuangno zhongya

普希金大街 4 号

苦盏至杜尚别 300 多公里,需 5 个多小时。我还是乘坐"合租车",但这回选择一辆四驱越野,比来时的"欧宝"稳当许多,价格当然也高出 50%。与乌兹别克斯坦的主流车系"雪佛兰"不同,塔吉克斯坦满街都是"欧宝"。

抵达杜尚别时,太阳已经西移,街头颇为安静,只见满城落晖将树影拉得修长。我所预订的房间位于普希金大街 4 号,位置极佳,距杜尚别中心索莫尼广场 300 余米。很容易就找到那幢 12 层的蓝色公寓楼,房东的妹妹接我。原以为是年轻姑娘,孰料竟是风韵犹存的中年女士。她叫尼古拉(Nigora),圆脸大眼卷发。按说这个年纪的塔吉克女人都喜欢长衫窄裤套装,但她穿一件白色短裙。虽然衣饰时尚,但难掩眉宇间隐隐的忧伤。

这是她哥哥的房产,二室一厅,全屋地毯,厨房和卫生间一尘不染,我不由得暗自庆幸。这个地段相当于北京的王府井、广州的珠江新城,百余平方米的房产价值不菲。尼古拉当着我的面换好卧具,然后煮一杯咖啡,顺便将我几天积攒的衣

索莫尼广场

服也全洗了。大方热情的塔吉克女人，令我感动，就像回到家里。一番忙碌，天色已晚，我便约她共进晚餐。她问我是不是佛教徒，答曰不算，她微笑着，说带我去一个传统塔吉克餐厅。

六月的天气，说变就变。走出门外，才发现天空中飘起零星小雨，杜尚别已进入雨季。我们经过索莫尼广场，沿着鲁达基大街北行。杜尚别的亮化工程可不怎么样，即使城市的中轴线，灯光也是影影绰绰。塔吉克斯坦是水塔之国，水蕴藏量占到中亚诸国的六成。随着基础设施的改善，如今电力出口已经能赚回大量外汇。

尼古拉穿着高跟鞋，但她毫不介意，边走边介绍附近建筑和政府机构，甚至带我逛纪念品店。穿过几条街道，足足走了二十来分钟，在总统府附近找到她推介的塔吉克餐厅。大堂装饰华美，又见那种细脚伶仃雕刻精美的木柱，门窗、屋顶、壁画都是传统粟特风格，别致考究。可惜店内只有一对情侣用餐，服务员比客人还多，显然并非大快朵颐的场所。也好，在这个撩人的雨夜，安静地和一个塔吉克女人共进晚餐，实在是难得的机遇。

她的地盘她做主，她点了烤肉、抓饭，我再加一个汤、一盘蔬菜沙拉。尼古拉居然还是单身，敢情塔吉克斯坦也流行大龄剩女？我看她略带伤感，没好意思刨根问底。她哥哥叫杰夫（Jaf），做国际贸易，粟特人最擅长的老本行。她听说我从乌兹别克斯坦来，淡淡地说，她的爷爷的爷爷就是布哈拉人。

"你去过布哈拉吗？"说到布哈拉，我很想知道她的态度。

"没有。"

"可我听说布哈拉和撒马尔罕原是塔吉克人的城市。"

"是的，是的，你也知道？"她有些惊讶。

"旅游嘛，我会看一些背景资料。"

"我出生于苦盏，对布哈拉没什么概念。"她两手一摊，表示无所谓。

"啊，苦盏，我刚从苦盏来呢。"

"觉得苦盏怎么样？"

"很漂亮。"

"苦盏的确很漂亮，很漂亮。"她重复着，似乎喃喃自语，又仿佛在回忆什么。

如果她是男士，我们可以聊历史、聊战争，甚至聊女人。但面对一个热情而又矜持的女士，我找不到恰当的话题，又不愿过于唐突，只能将很多问题硬吞到肚子里。

我不知道尼古拉曾经有过什么样的生活。从言谈举止看，她说一口流利的英语，显然受过良好的教育，也肯定经历过塔吉克内战。从苦盏到杜尚别，从呱呱落地到徐娘半老，而且手臂有明显的伤痕。这个女人身上背负着塔吉克人的许多秘密，只是我无从发掘。

午夜时分，我们又回到房间。原以为尼古拉会住在这儿，结果她戴上一对黑色耳环、一对缀着黑玫瑰的手镯，道声"晚安"，就要出门。这副打扮，让人总觉得她是某个神秘组织的成员。我送她到电梯口，她回头，嫣然一笑。望着她单薄的背影，我浮想联翩。

看来，在杜尚别的两天里，我要独享这个"家"。

杜尚别，带泪的月季

夜雨初歇，地上积水未干。被月季花包围的杜尚别就像带着露珠的出浴美人，通体弥散着自然的清香味儿。"一番花信一番新，半属东风半属尘。"街头本已枯萎的月季，突然间醒过神来，向旅人展示她最后带泪的花颜。

杜尚别意为"星期一"，因最初每周一逢集而得名。在塔吉克语中,周五叫主麻(Juma),显然源自阿拉伯语,周六叫"尚别"(Shanbe),其余五天就是数字加"尚别"。周日到周四分别为亚克尚别(Yakshanbe)、杜尚别(Dushanbe)、色尚别(Seshanbe)、楚尚别(Chorshanbe)、潘吉尚别(Panjshanbe)。也就是说,"杜"(Du)为数字"二",杜尚别是"周六加二天等于周一",潘吉尚别是"周六加五天等于周四",是不是很有趣?

作为塔吉克斯坦的首都,杜尚别是十月革命后由苏联人兴建的新城,曾经叫斯大林纳巴德(Stalinabad),1961年改称杜尚别。"阿巴德"(-ābād)是波斯语"地方"的意思,通常指伊斯兰教信众所建的城市。杜尚别最显眼的位置是索莫尼广场,广场中央最初是列宁雕像,后来是波斯诗人菲尔多西(Firdowsi),现在是国父伊斯梅尔·索莫尼。

索莫尼是萨曼王朝的创立者,被尊为"塔吉克民族之父"。萨曼王朝是波斯人建立的最后一个本土政权,仅享120年国祚。武运虽短,文治影响却极为深远,使伊斯兰文化进一步得到传播,出现了鲁达基、伊本·西纳这样划时代的著名人物。

为重塑塔吉克人的民族认同感,使塔吉克人回归"索莫尼"大家庭。当今政府将"共产主义峰"更名为"索莫尼峰";将列宁广场改为索莫尼广场,树起一座高达13米的索莫尼雕像;

将塔吉克卢布改为"索莫尼"，在面额 100 的纸币正面上印有索莫尼的头像及陵墓；将波斯新年诺鲁兹节定为法定假日。

事实上，全国各地都有以"索莫尼"命名的村镇街道和广场公园。塔吉克斯坦总统埃莫马利·拉赫蒙（Emomali Rahmon）在其《历史倒影中的塔吉克族：从雅利安人到萨曼王朝》中说，拜火教与塔吉克民族认同有直接关系，甚至宣布将 2002 年定为拜火教经典《阿维斯塔》（Avesta）2700 年的纪念年。

塔吉克人在重构自己的历史文化，而我们有一些人恨不得摆脱中华文明，以西方价值观为标准，认为"西方才是主流"。我在希瓦遇到一位美籍华裔，居然跟我说古代中国没什么拿得出手的技术。我立即反驳，在清朝以前，中国是引领世界潮流的风向标。姑且不谈四大发明，无论衣食住行，还是农业、水利、医学、教育都领先于世界。即使明朝，还拥有世界上最强大的海军舰队。可怕的是，这种论调我在国内也曾听到。他们在自卑和痛苦的旋涡里迷茫，究其原因，关键还是不了解自己。

实际上，这种论调可能源自学术界所谓"科学与技术"的识辨。科学是近现代才出现的新名词，古代中国没有，外国当然也没有。但若论技术及其所创造的财富，至少在清朝以前恐怕没有哪个国家能与中国相比。

塔吉克斯坦国家博物馆

　　杜尚别的城市中心和主要建筑都在瓦尔佐布（Varzob）河东岸。除索莫尼广场和隔壁的鲁达基公园，从北到南，还有哈吉·雅各布（Haji Yaqub）清真寺、塔吉克斯坦国家博物馆、国家古董博物馆等。

　　太阳还没有出来，但索莫尼广场已经有值班警察。因为不允许靠近雕像，勉强能看清索莫尼手中拿着一把类似扇子的半圆，弧面缀七个五角星。在塔吉克神话中，天堂由七个果园组成，被三座山隔开，每座山顶都有一颗闪亮的星，所以七是塔吉克人的幸运数字。据说索莫尼雕像手中的七颗星象征现代塔吉克斯坦的七个历史文化区域，即粟特、泽拉夫尚、希萨尔（Hissar）、拉什特（Rasht）、瓦赫什（Vakhsh）、哈特隆（Khatlon）及巴达赫尚（Badakhshan）。同时，塔克吉斯坦国旗国徽中也有七星图案。

广场南侧是由中建集团所盖的塔吉克斯坦国家图书馆，也是 200 索莫尼的背面图案。建筑过于威严，感觉不像阅读和求知的场所。隔壁为塔吉克斯坦礼宾大楼，门前是独立纪念碑。从此向北穿过马路，就是鲁达基公园。公园设计精致，一尘不染，刻意得让人犹疑。满园月季已经有些凋零，但昨夜的一场雨，又使得花儿回光返照，娇艳欲滴，惹得许多年轻男女在园子里卿卿我我。

鲁达基公园北面是塔吉克斯坦旅馆，隔壁为税务大楼，往东则是旗杆公园。园中旗杆高达 165 米，曾打破吉尼斯世界纪录，所悬国旗重约 700 公斤。塔吉克斯坦国家博物馆与旗杆隔湖相望。圆形屋顶别出心裁，如落日欲沉，门前许多波斯英雄和贤达的铜像。

馆内宽敞明亮，但文物乏善可陈。主要展示塔吉克斯坦的自然资源、重要文物复制品和收到的国礼赠品，以及苏联时期的油画，一座布哈拉索莫尼陵墓的复制品。许多年轻人从来没到过乌兹别克斯坦，只能在博物馆观看索莫尼陵墓模型。政治纷争造成的隔离墙，比帕米尔的群山还高。

虽然没有贵重文物，但却结识到会说中文的漂亮管理员。她叫米晓晴，曾在中国留学，我向她请教过许多问题，如安国的石榴、苦盏的"母狼乳婴"，她都一一作答。最后，她指点我去杜尚别南边的国家古董博物馆参观，说是里面有许多与丝绸之路相关的文物。

从国家博物馆出来，看到极罕见列宁和斯大林雕像。西行至鲁达基大街，再往北约1公里，即为哈吉·雅各布清真寺。这是杜尚别最大的宗教场所。门口坐着一个驼背老人，脑袋几乎耷拉到膝盖上。人将垂暮，其情堪怜。庭院四周为蓝色，室内有许多老人在祈祷、看书，甚至睡觉，发现我来，微笑着打招呼。伊斯兰教义强调社区互助，劝人为善，清真寺可收留无家可归者，他们在这里能得到临时庇佑。

从清真寺出来，沿鲁达基大道南行约3公里，就是杜尚别最有看头的国家古董博物馆。馆内主要收藏巴克特里亚文物，以及萨拉子目公主、古彭吉肯特壁画等。最珍贵的文物是一尊长达13米的卧佛像，系贵霜帝国时期的木雕作品，1966年出土于阿吉纳·铁佩（Ajina Tepa），为中亚最大的佛像。这说明贵霜曾经是佛国，也是佛教沿丝路东传的中转站。

鲁达基雕像

chapter 11

木鹿城，沙漠绿洲

chuanguo zhongya

通往西亚和南亚

中亚诸国，土库曼斯坦是神秘的"隐士"。1995 年 12 月，第 50 届联合国大会通过决议，承认土库曼斯坦为永久中立国。因为拥有丰富的石油、褐煤、天然气，以及令世人垂涎的汗血宝马和细羊毛地毯，这个沙漠王国从来就"不差钱"。据统计，土库曼斯坦 2021 年人均国内生产总值（GDP）约 1.03 万美元，数字虽然一般，但因物价低廉，甚至水、电、食盐和天然气曾长期免费，所以他们的日子过得甚是滋润。

因为很难拿到该国签证，手续繁杂的"邀请函"和"全程陪同"规定，让许多人望而却步。我有幸跟随一个旅行团，从阿什哈巴德（Ashgabad）入境，简单看一眼这座用豪华大理石堆起来的首都，随后便前往东部城市马雷（Mary），参观梅尔夫（Merv）古城。

梅尔夫是古呼罗珊（Khorasan）名城，至少已经有 4000 年的历史，是中亚丝绸之路沿线最古老、保存最完好的绿洲城市，也是拜火教经典《阿维斯塔》（Avesta）所说的"天下美好之地"。因扼守中亚通往西亚和南亚的战略位置，自古就是各方势力争夺的焦点。在历史上，梅尔夫多数时间被波斯人控制，为其东部手工业中心，曾以锻制兵器闻名。

因位于穆尔加布（Murgab）河畔，梅尔夫意为"湍急的流水"。中国史称"木鹿城"，最早见于《后汉书·西域传》，称安息东部以木鹿城为界，"其东界木鹿城，号为小安息，去洛阳二万里。汉章帝章和元年（87年）遣使献师子、符拔。符拔形似麟而无角。"范晔虽然为"符拔"专门注解，但还是让人犯疑，未知其为何物。

符拔是古文献中能拔妖除邪的神兽。又，《后汉书·班超传》曰："初，月氏尝助汉击车师有功，是岁贡奉珍宝、符拔、师子，因求汉公主。"有学者解释，"符拔，又名桃拔，似鹿长尾，一角者为天鹿，二角者为辟邪，无角者为狮子"。中华不产狮子，张骞凿空西域后，安息、月氏等国才开始贡献狮子，其发音显然源自古波斯语"Shir"。如撒马尔罕"Sher-Dor"经学院，也是波斯语"狮"的音译。根据史料记载，西域人进贡，通常"符拔""狮子"一起。我估计就是公、母狮子，因为形体相貌迥异，被中国人描绘为两种神兽。

丝绸之路全线贯通后，西域诸国求亲团"遣使献师子、符拔"。然而，"超拒还其使，由是怨恨。永元二年（90年），月氏遣其副王谢将兵七万攻超"。大月氏浪费了狮子，但没求来公主，三年后发兵远征西域，结果被班超打回原形。"月氏由是大震，岁奉贡献"，赔了夫人又折兵，月氏人此后变得极为老实，不再觊觎东方的财富和美人。《西域传》和《班超传》所载应为同一事件，说明当时木鹿城以东是大月氏人的地盘。

这一时期，汉朝、贵霜、安息、罗马并称亚欧四大强国。安息帝国位于罗马与中国间的丝绸之路上，商业发达。《史记》载："临妫水，有市，民商贾用车及船，行旁国或数千里。"因为丝绸之路中西两段多在安息境内，而木鹿城位于中西亚交汇的十字路口。所以，安息人充分发挥他们的经商才华，将中转贸易经营得如火如荼，想不赚钱都难。

7世纪时，阿拉伯帝国开始扩张。《旧唐书》曰："伊嗣俟儒弱，为大首领所逐，遂奔吐火罗，未至，亦为大食兵所杀。""伊嗣俟"即波斯萨珊王朝最后一位国王伊嗣俟三世（Yazdakird III），据说被木鹿的一个磨坊主谋害。

《新唐书·大食传》载，黑衣大食始兴时，首领并波悉林为木鹿人。"并波悉林"今译阿布·穆斯林（Abu Muslim），奴隶出身，起兵从呼罗珊打到叙利亚。差不多以一己之力击溃倭马亚，拥立阿拔斯，然后镇压河中地区叛乱，击败唐将高仙芝。

木鹿城遗址

可惜功高震主，最后被第二任哈里发曼苏尔（Mansur）设计谋杀。相传阿布死前曾向曼苏尔乞活，说自己可以成为哈里发手中的剑，曼苏尔答：除了你，我没有更大的威胁。

11至12世纪上半叶，突厥塞尔柱（Seljuq）王朝定都木鹿城。作为帝国权力、文化和商业中心，木鹿城臻于极盛，被誉为"世界城市之母"，一位10世纪的地理学家将其描绘成"快乐、清洁、优雅、智慧、广阔而舒适的城市"，是当时仅次于巴格达的伊斯兰文化中心。

穿过拜纳姆·阿里（Bairan Ali）镇，北行四五公里即为梅尔夫古城遗址。雄奇浑厚的土城古墙扑入视野，令人惊叹不已。

虽然屡建屡毁，但因为河流改道，每一次重建都不在原址，而是缓慢向西搬移。五座古城，一座挨着一座，分别代表青铜、铁器、中世纪和后中世纪时期的历史遗迹。新的遗址是在旧的遗址被废弃后所建，保留了"未经重建和改造的原始结构特征"，成为独特的"记忆保管者"。"古梅尔夫"被辟为土库曼斯坦国家历史文化公园，总面积达60平方公里，宫殿遗址约4平方公里。因其代表"穆尔加布河由东向西逐渐变迁的不同时期的遗址体系"，于1999年被列为世界文化遗产。

东边是萨珊王朝修建的贾乌尔·卡拉（Giaur Kala），被方方正正的城墙包围。东南隅有座醒目的土堆，为梅尔夫仅有的佛塔和寺庙遗址。1965 年，考古发现一座高四米、直径六米的佛塔，说明梅尔夫曾盛行佛教。其实，安息时期，佛教已传至波斯，比进入中国还早。东汉来华的译经大师安世高，就是安息太子。是不是难以置信？波斯帝国曾经有国王遁入空门。

杜环在怛罗斯被俘后，随阿拉伯军队来到木鹿城，其《经行记》云："城中有盐池，又有两所佛寺。……南有大河，流入其境，分渠数百，溉灌一州。其土沃饶，其人净洁。墙宇高厚，市鄽（chán）平正。木既雕刻，土亦绘画。又有细软叠布，羔羊皮裘，估其上者，值银钱数百。"同时，他还记录了当地的蔬菜瓜果节日等，"瓜大者名寻支，十馀人飡一颗辄足"，估计是第一次吃西瓜，大为惊讶。从杜环的记录来看，当时木鹿城物产丰富，人民富庶，信仰自由。

贾乌尔北端有座圆形大土堆，被苏联考古学家修建的保护墙包围，这就是最古老的埃尔克·卡拉（Erk Kala）遗址。"卡拉（Kala）"或"Qala""Qila"，都指"城堡、要塞"，埃尔克约建于公元前 6 世纪，为波斯阿契美尼德（Achaemenid）时期的遗址，顶端是拜火教祭坛。站在这里，梅尔夫遗址一览无余。

成书于 10 世纪前后的阿拉伯地理专著《道里邦国志》说，木鹿城中有一座堡城（Qahandaz），有诗为证：

> 木鹿使侵略者军队溃败逃亡，
> 它对不速之客是永远的教训。

其所指堡城，恐怕就是埃尔克。

西边是苏丹·卡拉（Sultan Kala），是后来居住人口最多、城墙犹存的塞尔柱古城。中央矗立 38 米高的塞尔柱苏丹桑加尔（Sanjar）的王陵，其北为伊斯兰旋转托钵僧墓地；东北角有座沙赫里亚堡（Shahriyar Ark），也称苏丹碉楼（Koshk）。苏丹碉楼外墙如管风琴，很难想象古人还有如此创意，如今是梅尔夫遗址的标志。

苏丹·卡拉外西南角，有一大一小两座萨珊帝国修建的碉楼，叫吉兹·卡拉（Kyz Kala）或"姑娘城堡"，因"石化的栅栏"而为人熟知，塞尔柱时期还在使用。此外，还有清真寺、伊斯兰先知侍从陵墓、帖木儿冷藏食物的冰屋等遗迹。

古梅尔夫绿洲城市，尤其塞尔柱建筑，对中西亚文化影响深远，相传《一千零一夜》的许多故事背景都源自梅尔夫。很难想象，这里也曾经唐风浩荡。

桑加尔苏丹王陵

　　土库曼斯坦还有两座世界文化遗产，即老乌尔根奇
（Kunya-Urgench）和尼萨（Parthian Fortresses of Nisa）古城。然而，
喜欢猎奇的旅人说，还不如那个已经燃烧40年的火坑——"地
狱门"。

chapter 12

马什哈德，礼萨圣地

chuanyue zhongya

什叶派穆斯林圣城

裹在黑袍子里的女人，是蚌壳里的珍珠。
——伊朗谚语

波斯也是文明古国，通常认为是古巴比伦文明和古印度文明在中西亚碰撞的结果。

安息帝国时期，来自中国的汉使第一次造访波斯。张骞第二次出使西域，其副使到达波斯，安息王以二万骑兵列队相迎，归来时带回葡萄、石榴、菠菜、西红柿、胡萝卜等植物种子。从此，东西方商贸通道丝绸之路正式开启，中国的丝绸、茶叶、瓷器源源不断流向波斯，波斯的水果、蔬菜、香料、乐器等也传入中国。

公元97年，西域都护班超遣甘英出使罗马。当甘英抵达波斯湾时，安息人说："海水广大，往来者逢善风三月乃得度，若遇迟风，亦有二岁者，故入海人皆赍三岁粮。"又以传说渲染海上航行的恐怖："海中善使人思土恋慕，数有死亡者。"甘英闻言，只得打消了渡海的念头。希腊史诗《奥德赛》记载过类似故事，若听到海妖唱歌，就是海神的诅咒应验，会发生"波塞冬潮汐"，将致人死亡。

就算传说是真的，但安息人没有向甘英提供经叙利亚到罗马的陆路攻略，而是备陈渡海艰难，连唬带骗，甘英只得返回。

实际上，罗马人"一直渴望派使者到中国，但安息人想用中国的丝织品和他们做买卖，因此切断了罗马前往中国的交通"。《全球通史》说，波斯因其独特的地理位置，是全球贸易的中间商。尽管有了丝绸之路，但罗马帝国和中国汉朝没有直接商业往来，而是靠中间商，尤其安息人。其实，中国和罗马对双方建立直接联系都很关心。

自西汉张骞以来，中国和波斯除官方交流，民间往来也十分频繁。今天，我又一次进入波斯，于中午抵达马什哈德，入住伊朗饭店。房间有本《古兰经》，封面压着两块六角形的泥巴块，天花板上画着箭头，指向麦加（Mecca）方向。我才醒悟，这里是伊朗呼罗珊（Khorasan），雅利安人（Airya）的土地，与中亚诸国的风气截然不同。

还是先换钱。伊朗货币是里亚尔（Rial），1 美元换 3.5 万里亚尔。伊朗人常以"图曼"（Toman）为单位，10 里亚尔等

菲尔多西陵园

于1图曼。

老城没有高楼大厦，天色显得格外深蓝，空气中流淌着虔诚肃穆的气息。迎面而来的佳人，一袭黑色长袍，只留半面妆容，甚至仅露出两只蓝宝石般的眼睛，顾盼之间，伊人的美丽便尽在无穷的想象中。

伊朗版图像只昂首挺胸的乌龟，马什哈德就在龟背上。作为丝路重镇，呼罗珊省首府，如今的马什哈德是伊朗第二大城市，也是伊斯兰什叶派圣地，因为伊斯兰什叶派第八伊玛目（Imam）礼萨（Ali Reza）归葬于此。除此，诗人菲尔多西（Firdowsi）出生在这里。

公元1020年，波斯诗人菲尔多西在加兹尼（Ghaznavid）统治下的故乡图斯离世。菲尔多西与萨迪（Sadi）、哈菲兹（Hafiz）、鲁米（Rumi），被称为波斯"诗坛四柱"，其《列王纪》是波斯人的民族史诗。

13世纪，马什哈德因荒僻在战乱中得以幸存，劫后余生的人们开始搬迁于此。当摩洛哥旅行家伊本·白图泰（ibn Battuta）于1333年来时，马什哈德周围已成富庶的农业区，不仅是波斯北部农副产品贸易中心和通往中亚的交通要道，也是丝绸之路进入伊朗的门户。他说马什哈德，"有大量的果树、河流与磨坊，贵族陵墓建有优雅的大圆顶，城墙用彩色瓷片装饰"。

帖木儿（Temur）帝国时期，马什哈德为帝国主要城市。帖木儿四子——受封于此的沙哈鲁于1413年曾遣使中国进贡，明朝也派出使团回访赫拉特（Herat）。1418年，其妻在礼萨圣地南边建造清真寺，即哥哈尔萨德（Gowharsad）清真寺，如她的名字"闪亮的宝石"一样耀眼。沙鲁哈还有个天才儿子，那就是掌管撒马尔罕的科学巨人兀鲁伯。

萨法维（Safavid）时期，阿巴斯（Abbas）大帝经长期战争，在赫拉特附近击败乌兹别克（Uzbek）人，将他们赶过阿姆（Amu）河，于 1597 年夺回马什哈德。阿巴斯鼓励伊朗人朝圣，而且身体力行，亲自从伊斯法罕徒步前往马什哈德，使这座城市获得更多宗教认知。

礼萨圣地

礼萨圣地（Haram-e Rezavi）高耸入云的宣礼塔正在修缮中，周围布满铁架子，实在有碍观瞻。千余年来，圣陵屡遭破坏，但重建和扩展从来没有停止。目前已形成包括陵墓、清真寺、经学院、博物馆和医院等在内的建筑群，占地 11 万平方米。

买完票，管理处专门指派一位神职人员陪我参观圣陵。她叫法蒂玛（Fatimah），身着黑色长袍，一丝秀发都不曾暴露。在伊朗女子中，她算娇小玲珑，素颜明眸，高鼻深目。接下来的时间，我将听命于她。当然，她也希望我多提问题，作为神职人员，宣扬伊斯兰教义是她神圣的职责。

男女经不同的通道进入陵园。空旷的广场很干净，有蓄水池和喷泉，四周尽是装饰华丽的宣礼塔和拱形门。还不到礼拜时间，清真寺前的地毯上三三两两坐满信徒，或交谈，或读书，或冥想。

陵园南面就是戈哈尔沙德清真寺。高达50米的圆顶，六边形基座，天圆地方，精美别致。这位皇后对马什哈德情有独钟，在此建成中亚最辉煌的清真寺，历史学家称其为"伊朗十五世纪留下的最伟大的历史遗迹"。

先到陵园办公室，脱鞋进去，里面的气氛严肃得有些凝滞。年长的神职人员正在看书，眼镜滑到鼻尖，目光从上面掠过，一派学者风范。他没有说话，只微笑点头。旁边英俊的小伙子站起来，和法蒂玛交谈几句，拿出一袋资料给我，里面装着陵园简介和十余张明信片。

圣陵正在维修期间，从外面只能看到用塑料布围起来45米高的圆顶，据说以纯金包裹。内部由墓冢、大厅和附属建筑组成，石棺放在镶金嵌银的栅栏内，上面盖绿色布幔，堆着许多钱币和纪念物。周围挤满信徒，有些在往里投掷钱币，有些伸长了脖子探头张望，有些神色悲戚地抚摸栅栏，有些将额头贴于圣石长跪不起，除此或默默祈祷，或暗暗流泪，或静静打坐。

虔诚的人们吸引了我的注意力，以致忘记伟大的建筑。事实上，圣陵的建筑华丽精致，墙壁图案全部用小块瓷片拼成，严丝合缝，精美绝伦，让人怀疑是否人力所为。室内温度适宜，光线良好，许多人聚集，居然没有异味，可见其采光通风多么出色。

圣陵里面有几个小型的主题展览，通过文物、书画、照片介绍圣陵的和伊斯兰教的历史渊源。

逊尼派信徒众多，分布于大多数伊斯兰国家。逊尼派认为，安拉使者的继承人哈里发，只是宗教领袖，无论是谁，只要信仰虔诚，都可以担任。什叶派约占整个穆斯林人口的15%，信徒主要分布在伊朗、伊拉克等国。什叶派认为，只有穆圣女婿和堂弟阿里及其直系后裔才是合法继承人，这种思想被尊崇世袭和血统观念的波斯人拿来宣扬，从而成为"逊尼"和"什叶"最重要的区别。

实际上，"哈里发"最初指穆罕默德的继承人，即穆斯林社群组织的领袖。后被倭马亚、阿拔斯等王朝国王沿用，才专指政教合一的统治者。阿拔斯王朝时，哈里发已有名无实，但新兴帝国谁也不敢叫哈里发，最多自称苏丹。

第四任哈里发阿里在库法（Kufah）被人用带毒的军刀刺杀，归葬于和平谷纳杰夫（Najaf）。追随者什叶派认为他是唯一合法的哈里发，是伊斯兰教最杰出的圣徒。

波斯人对什叶派的形成和壮大起到决定性作用。倭马亚王朝统治时期，波斯人深受压迫，以库法为中心的什叶派，在阿里遇害后，力邀其子哈桑（Hasan）和侯赛因（Husayn ibn Ali）扛旗举事，最终导致倭马亚王朝覆灭。16世纪初，萨法维王朝统一波斯，奉什叶派为国教。

今天的伊朗人多信奉什叶派十二伊玛目（Imam）。十二伊玛目指先知穆罕默德的精神和政治继承人，其中有十位被毒杀。第三伊玛目侯赛因战死，是什叶派穆斯林心中的英雄；第八伊玛目礼萨，则是唯一葬于伊朗境内的伊玛目；第十二伊玛目马赫迪（Mahdi）是"隐遁者"，即救世主，人们相信他依然在世，只是隐遁起来，末日来临时现身，将公正光明带给人间。

圣城（Quds）博物馆有九个展厅，主要陈列马什哈德的历史文物，包括礼萨早期的墓石、花剌子模的下水管道、公元前四世纪到萨法维时期的硬币等。《古兰经》展厅里有不同时期、不同材质的各种版本的经书，阿拔斯时期的手抄《古兰经》，据说为孤本，是馆中珍品。

一个角落里有副铁架子，上面插满武器、羽毛、盔甲和红色布条，看起来有些骇人。法蒂玛说，这东西在阿舒拉（Ashura）节才会使用。

"阿舒拉"源出阿拉伯语，意为"第十日"。公元680年，穆罕默德的外孙侯赛因对当时继任的哈里发不服，被以库法为中心的什叶派拥立为哈里发，便与家属一行80余人离开麦地那。行抵伊拉克境内的卡尔巴拉（Karbala）时，遭倭马亚王朝4000骑兵追杀，全部战死。侯赛因曾娶萨珊末代公主为妻，此后的圣裔便有了波斯血统，他壮烈战死被什叶派穆斯林视为殉教，因此备受尊崇。

这一天正是伊斯兰教历1月10日——巧合得让人难以置信，被什叶派定为该派的蒙难日和哀悼日。每年阿舒拉日，什叶派穆斯林都会举行隆重的纪念活动，人们会争抬模拟的侯赛因遗体游行，痛哭流涕，甚至以铁链鞭挞自己以示惩戒。这铁架估计就是模仿抬着侯赛因遗体遗物的道具吧？可能觉得复杂，法蒂玛没有细说。

穆斯林每日做五次礼拜。我本来想看壮观的礼拜场面，但不到时间。除朝圣和礼拜，还提供许多免费设施和服务，如经书、长袍、饮水、轮椅，甚至穆斯林的葬礼。

见法蒂玛相陪半天，我有些过意不去，便送她一只"中国结"。她说："这是我的工作，不能收任何东西。"我劝道："来自中国的小礼物，普通纪念品而已。"她才感谢着收下。

陶瓷集散中心

世界曾流行一句话："人生旅行必经两件事——在尼沙普尔晨起，在巴格达过夜。"15 世纪一位尼沙普尔人写道，最好的书法用纸应产自大马士革、巴格达和撒马尔罕，其他地方所产"一般来讲过于粗糙，多有斑驳，难以久存"。自中国发明造纸术，我们曾遇到"洛阳纸贵"，传入中西亚后，精致的尼沙普尔人对艺术的追求也毫不逊色。

尼沙普尔（Nishapur）由萨珊王朝的沙普尔一世（Shapur I）建于 3 世纪，为呼罗珊最早的首府。伊斯兰化后，成为什叶派中心，与开罗、巴格达齐名。元朝史籍称纳商城、乃沙不耳，明朝称沙兀儿，今译内沙布尔（Neyshabur），盛产绿松石，丝路重镇，呼罗珊陶瓷生产中心，也是中国陶瓷的集散地。有诗人陵墓、巴扎、骆驼驿站和 9 世纪的宫殿遗址。

礼萨圣陵内部

出租车司机莫特扎（Morteza）对内沙布尔不熟，一番打听，总算找到奥马尔·哈雅姆的（Omar Khayyam）陵墓。他将车停在树林边上，从后备厢里拿出暖瓶和塑料筐，先来一杯茶。我边喝边说："如果再有一块毯子，就更像旅行的伊朗人。"此君变戏法似的，果真拿出毯子，铺在树林边。塑料框里有馕饼、水果和各种酱料。于是，我们席地而坐，以馕佐茶。茶色深红，入口醇香，伊朗人喜欢加糖饮用。

树荫下放着一卷诗章，
一瓶葡萄美酒，一点干粮，
有你在这荒原中伴我欢歌——
荒原呀，啊，便是天堂！

——《鲁拜集》

树林对面是伊玛目马赫鲁格（Mohammad Mahroogh）圣陵，漂亮的蓝底碎花圆顶，墙壁精细得让人不敢触碰。马赫鲁格是第四伊玛目萨贾德（Sajjad）的儿子，马蒙执政期间，曾在内沙布尔旅行，后被当局刺杀后并火焚烧，差点被毁尸灭迹，所以"马赫鲁格"意为"燃烧马赫鲁格"。拥护者为他建起圆顶陵墓，如今所见为伊斯兰革命后重建。

我脱鞋进去，墓室空旷安静，铺着地毯，灵柩放在金色的笼里。一位信徒扶着栏杆，神情悲戚，双手扪胸，正在虔诚地祈祷。

奥马尔·哈雅姆的陵墓就在对面。他于 1048 年出生在内沙布尔，集诗人、数学家、医学家和天文学家于一身。他的传世名著《鲁拜集》（The Rubaiyat）否定神学和来世，谴责伪善的神棍。"鲁拜"意为"四行诗"，格律如中国古绝。此公才华横溢，纵情诗酒，修订波斯历法，建造天文台，做过宫廷御医，还著有《代数学》。

波斯历法（Gahshomari-ye Irani）以春分为新年肇始，一年的前 6 个月每月 31 天，接下来的 5 个月每月 30 天，最后 1 个月平年 29 天，闰年 30 天。因为地球沿椭圆形轨道公转，北半球的春夏接近远日点，绕太阳运行速度比秋冬时分慢，所以前六个月为 31 天。我们所钟爱的"太阳日"（Sunday），就来自波斯人用七种星球给一周每天命名的传统。

他的墓室匠心独具，如许多菱形组成的天幕，仿佛在此露营。"哈雅姆"本意为"造天幕的亚伯拉罕的儿子"，早期是帐篷工匠，死后也睡在帐篷里。墓冢更有个性，很不规则的五角形，底座有八条边，侧面还挖出几个三角体。据传诗人在世时曾说："我的坟墓所在的地方，会被北风吹来的蔷薇花覆盖。"

呼罗珊盛产诗人，附近还埋着另一位波斯学者阿塔尔

（Farid al-Din Muhammad Attar），塞尔柱时期的苏菲派诗人和哲学家。

苏菲派（Al-Sufiyyah）是伊斯兰教神秘主义派别，因穿羊毛（Saf）粗衣而得名，起源于倭马亚时期，奉行守贫、苦行和禁欲，如我们所云"安贫乐道"，对《古兰经》赋予隐奥深义。其名篇《百鸟朝凤》（Bird Parliament）长达 9200 行，阐释苏菲派修行最高的"天人合一"境界。

阿塔尔陵同样花草茂盛，树木苍翠。因屡毁屡建，园内现存两座陵墓。一座蓝色圆顶，一座由五个扇贝状蓝色拱门组成。诗人死得扑朔迷离，据传 1221 年死于乱军中。

莫特扎打听一番，来到由古骆驼驿站（Shah Abbasi Inn）改造的博物馆。高厚雄浑的暗红砖墙，砌成粗线条的菱形图案，看起来像座城堡。走进拱门，庭院为波斯风格的四合布局，周围都是房间，中央有水池。萨法维时期，这座客栈就是内沙布尔的"五星级酒店"。作为丝路贸易中心，在此歇脚的行客，恐怕都是富商巨贾。

院子里有各种样式古怪的陶器和瓷器，四面房间里都是手工作坊，再现陶瓷中心的繁华景象，细密画、绿松石、化妆品、香料

骆驼驿站的院子

盒、藏红花、拉坯制陶、制鞋补鞋等，一个还角落里放着两个泥缸。内沙布尔是绿松石的故乡，中世纪时流向世界，成为宗教或富人的奢侈品。中国许多佛教洞窟里的壁画，就有波斯绿松石颜料。

不小心闯进自然历史博物馆，值班小妹不懂英语，又不好意思阻拦，便匆忙喊来经理。这经理叫哈迪（Hesari Hadi），居然愿意带我逛内沙布尔。他抱着一本很厚的双语画册，我们便按图索骥，寻找内沙布尔的古董。

星期五（Jameh）清真寺建于 15 世纪，是内沙布尔最古老的建筑。一如刚才的客栈，院落四方对称，周围有小房间。与别处不同，没有圆顶，也没有宣礼塔。礼拜厅里铺着地毯，有几个信徒正在祈祷。据说，这里刻满经文的石基曾被折价贱卖。

内沙布尔著名的有顶巴扎在市中心，约建于萨法维时期，由三四百米长、五六米宽的集市纵横交错而成，附近有许多餐馆、浴池等配套设施。砖石结构的拱形顶居然编出席子般的花纹，顶端有圆孔，光线从中穿过，如大灯泡，相对应的地面有浅沟，以利水流。这里也充斥着中国货，甚至店铺老板能字正腔圆地说"义乌"。

呼罗珊是藏红花的出产地，由蒙古人带到中国。藏红花原产欧洲南部、小亚细亚和波斯，据说 7.5 万朵花才出 9 两成品。伊朗有藏红花茶、藏红花饭，欧洲人也以烹调为主，中国则将其入药，作为活血化瘀圣品。

屈底波走后，粟特贵族迪瓦什蒂奇（Divashtich）成为领袖。他最初顺从阿拉伯人统治，甚至将自己的孩子送去当人质。有方药名"桃红四物汤"，当归、川芎、芍药、熟地组成调经补血的"四物汤"，如有血行不畅导致的月经不调，加桃仁、红花以养血活血，可治妇女血虚血瘀证。其中红花多用草红花，藏红花则减量，绝非"长生不老药"。在商人嘴里，藏红花几乎包治百病。

沙迪亚赫（Shadyakh）遗址位于内沙布尔东南郊，一片废墟，搭上顶棚予以保护。沙迪亚赫意为"幸福的宫殿"，约建于9世纪，时为内沙布尔行政中心，毁于13世纪，诗人阿塔尔曾住在这里。考古学家于2000年开始发掘，出土了酒窖、浴室、尸骨、泥砖围墙和陶瓷管道等遗迹。哈迪说，这座古城很有可能毁于地震。

很快便到午餐时间。伊朗的国菜是"藏红花米饭烤巴巴"（Chelow Kebab），即藏红花米饭配烤肉串。除烤羊腿、烤羊排、烤鱼、烤鸡，还有用碎羊肉混合香料烤制而成的肉串"烤彼得"（Kubide），盘子大得像赛马场。哈迪教我正确的吃法，将黄油和西红柿捣碎，与米饭拌匀食用。

chapter 13

设拉子，诗人故乡

chuanguo zhongya

诗歌和葡萄酒

波斯中古时期的诗人多沉浸在酒香、诗韵和情人的怀抱里，是真正的诗酒风流。难怪有人说："我听到伊朗的名字，立刻想到，那里的人民走在昂贵华丽的地毯上，吟诵着诗句。"

"设拉子"最早出现在萨珊王朝文献里。阿拉伯人征服波斯后，设拉子成为伊斯兰文化中心，是波斯最浪漫的城市，盛产诗人、蔷薇和葡萄酒，有"蔷薇之城"和"诗人之都"的雅称。似乎设拉子的诗仙们，都倒在蔷薇园里。

《史记》记载："宛左右以蒲陶为酒，富人藏酒至万余石，久者数十岁不败。"大宛富人的葡萄酒很可能源自波斯设拉子，然后再经丝绸之路传至中国。不过，波斯人如今将喝酒视为"罪孽"，当年的造酒人恐怕做梦也想不到。

两座诗人陵墓、一座城堡、一个巴扎，还有散落全城的花园和清真寺，组成设拉子旅游的基本框架。自西北流向东南的霍什（Khoshk）河将"夜莺之城"分为两半。萨迪和哈菲兹陵墓在河东,而商业中心则位于河西,著名的卡里姆·汗(Arg-e Karim Khan)古堡和巴扎是老城最繁华的场所。

有人推荐城东南的"粉红"(Nasir al-Mulk)清真寺,说早晨的光线摄人心魄。我打车过去,但见院落四合,清幽静谧,繁复的色彩在阳光下绽放。冬季祈祷大厅尤其迷人,阳光穿过彩色细格子窗,洒在漂亮的地毯上,星星点点,丝丝缕缕。奥秘在门窗上,细格子里用彩色玻璃拼成各种图案,才幻化出美轮美奂的妙境。

第八伊玛目礼萨(Reza)的兄弟阿拉丁(Seyyed Alaeddin Hossein)圣陵也在附近。当年他去图斯城探望哥哥,途中病殁,葬在这里。一个洋葱似的圆顶,内部如绿翡翠般晶莹透亮。

萨迪(Sa'di)墓在城北,陵园背靠灰黄的山峦,远离喧嚣,安静幽雅。一条甬道直达蓝色圆顶的陵墓,中间花池与水池相连,两边是修剪成纺锤形的侧柏,翠绿欲滴。墓碑安放在八角柱状的大理石纪念堂中央。值得一提的是,陵园里还埋着66位苏丹和他们的随从。

萨迪是活跃于13世纪的吟游诗人,背包旅行30年,走遍中西亚,甚至中国新疆。他于1257年写成他的第一部诗集《果园》，次年完成《蔷薇园》，为吟游生涯的总结和思考，充满人道主义精神。萨迪也是思想家，提倡仁爱，反对暴政，主张"己所不欲，勿施于人"。

哈菲兹墓离萨迪墓7公里。门口有人指导一只黄鹦鹉，从纸盒里叼出绿色纸条送给客人。客人打开，交给鹦鹉主人。主人解释半天，客人才心满意足地收起来，掏出皮夹子付钱。也有蹙着眉头的家伙，大概纸条上的话不太中听吧？

纸条上是哈菲兹的诗歌，这些会营生的波斯人别出心裁，以此给游客占卜。据说波斯人遇到就业、婚嫁、出行等大事情，会随意翻开哈菲兹诗集的一页来决定。

"哈菲兹"（Hafez）是诗人的笔名，阿拉伯语意为"通背《古兰经》的人"。他是波斯中世纪的"抒情诗大师"，名篇《诗颂集》（Divan），主题是爱情和美酒，反对宗教条文，追求精神自由。哈菲兹抒情诗集发行量奇高，据说仅次于《古兰经》，所以被誉为"设拉子夜莺"。他有句名言广为流传："伪君子以为大声引用《古兰经》，就可以掩饰他的谎言。"

他的陵墓比较简单，八根石柱支撑的墨绿顶小亭，两边是清真寺样的对称建筑。

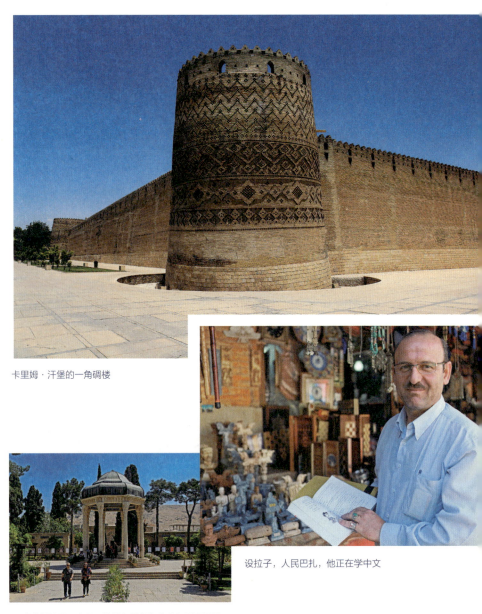

卡里姆·汗堡的一角碉楼

哈菲兹陵园，大理石棺放在墨绿色的八角形亭子里

设拉子，人民巴扎，他正在学中文

霍什克河对岸就是卡里姆·汗（Karim Khan）堡，是赞德（Zand）王朝的创立者卡里姆（Arg Karim）所建的皇城。城堡呈正方形，用黏土和砖石筑成，高墙顶端有垛口和射击孔，四角是圆柱形碉楼，墙体饰以凹凸不平的几何图案，似艺术浮雕。西南角因地下水道出现问题，基础沉降，导致碉楼向外严重倾斜，摇摇欲坠，如比萨斜塔。曾经作为监狱，如今是博物馆，正门上方有瓷砖拼成的画，一名大胡子武士正在刺杀小鬼，不知是何历来？

城堡里面有皇家园林，私人浴室尤其醒目，两百多年前的建筑，仍然精致如新。波斯人爱干净，注重生活品质，各城漂亮的古代浴池就是见证。

卡里姆是赞德部落的酋长，原为阿夫沙尔王朝纳迪尔麾下将军。1760 年，他除掉前国王伊斯梅尔·沙三世（Ismail Shah Ⅲ）和其他异己，以设拉子为中心建立赞德王朝。他在位时大力恢复国内秩序与经济，修正纳迪尔时期的宗教政策，对外征讨阿塞拜疆的阿扎德（Azad Shah Afghan）和侵入两河流域的奥斯曼人。击败恺加（Qajar）部落后，将酋长的儿子阿迦（Agha Muhammad Khan）带到设拉子做人质。

1779 年，卡里姆去世，王室内乱。做了 15 年人质的阿迦乘机逃到北方，聚拢族人迅速扩张。1789年，卡里姆的外孙卢图夫（Lotf Ali Khan）自立为王，持续与恺加部落作战，兵败被俘，站在了巴姆（Bam）的断头台上，赞德王朝灭亡。

卡里姆所建的瓦基尔（Sout Vakil）巴扎离城堡不远。瓦基尔意为"人民"，卡里姆·汗当年不愿称王，力求顺应民意，是以叫"人民巴扎"，周围有清真寺、浴室、旅馆、驿站等配套设施。人民巴扎使赞德王朝的新首都日益繁荣，直到现在仍然是设拉子的商业中心。其实，巴扎是伊斯兰传统文化的组成部分，除商业往来，还是日常交流和政治宣传的场所，堪称伊朗人传统生活的窗口。

卡里姆·汗是建筑狂，除设拉子宫室寺院，还在德黑兰建起两座皇宫，可惜是"为他人做嫁衣裳"。

居鲁士王

波斯帝国有 2500 多年历史，公元前 6 世纪，波斯语是公认的中西亚标准语，当时采用苏美尔人（Shumer）发明的楔形文字（Cuneiform）。公元前 2 世纪，波斯人创造了自己的巴列维（Pahlavi）字母表，拜火教圣典即以巴列维语写成。

阿拉伯人征服波斯以后，波斯人开始采用阿拉伯文手写体，即法尔西语（Farsi），有 60% 的词汇来自阿拉伯语。法尔西语比阿拉伯语多四个字母，写法、读音相同，意思则完全不同。阿拉伯人能用阿拉伯语朗读波斯文，但他不知道自己在说什么。法尔西语也是阿富汗、塔吉克斯坦等国的官方语言，因为交往频繁，波斯语也吸收了许多汉语词汇，如："茶（Chai）""瓷器（Chini）""抄（Chop）"等。

今天计划去设拉子西北的几个地方，包括帕萨尔加德（Pasargadae）、波斯帝陵（Naqsh-e Rustam）、萨珊浮雕（Naqsh-e Rajab）和波斯波利斯（Persepolis）。早餐过后，司机已经在等候，我们便出发了。

"帕萨尔加德"意为"波斯花园",是波斯帝国的摇篮,距设拉子130公里。居鲁士(Cyrus II)从公元前546年开始城市建设,直到他战死前也没能完成。不过,帕萨尔加德仍然是阿契美尼德帝国的首都,直到大流士迁都波斯波利斯。

居鲁士的陵墓让人觉得凄凉,我不免替他叫屈。石灰石垒成的陵墓矗立在700多平方米的广场上,六层四方基座,自下而上逐层缩小,顶端置石棺。墓碑基座长约7米,通高11米,石棺西北面有个小门,据说里面曾有黄金打造的棺材床铺,以及珍贵的铭文和兵器。周围有玻璃墙相隔,难以近前,看不清具体。他的墓志铭也简单:

"我是阿契美尼德的居鲁士王。

作为波斯帝国的缔造者,陵墓居然如此没落?抬头四顾,只见群山环绕,荒野纵横,植被稀疏,使得这方陵墓更显渺小。

阿契美尼德王朝的始祖是公元前8世纪的阿契美尼斯(Achaemenes),其子泰斯帕斯(Teispes)继位后占领了埃兰的安善(Anshan),后又占领"帕尔斯"(Pars),成为两个部落的首领。帕尔斯即"法尔斯"及周围地区,因阿拉伯字母无"帕",所以译成"法尔斯",也就是波斯。当时北方同属雅利安民族的米底人(Medes)联合新巴比伦灭亚述(Assyria)帝国,成为西亚最强大的国家，波斯部落实际臣属于米底王国。

希腊历史学家希罗多德（Herodotus）说，米底国王阿斯提阿格斯（Astyages）梦见女儿芒达妮（Mandane）的后代将取代自己，成为亚细亚的霸主。于是，他将女儿嫁给地位较低且性格温顺的波斯王子冈比西斯（Cambyses），以断绝其后人问鼎米底王权的资格。但在女儿怀孕时，国王又被恶噩梦惊醒：女儿肚子里长出的葡萄藤，遮住了整个亚细亚。

为防不测，国王决定等外孙一出生便立即处死。此子就是居鲁士，在娘肚子里就被判了死刑。待他呱呱落地，国王将他交由大臣哈尔帕哥斯（Harpagus）处理。这大臣不敢亲自动手，又将孩子转交牧人，命他弃于荒野。吉人自有天助，碰巧牧人妻子斯帕科（Spaca）产下一个死婴，夫妻俩于是留下居鲁士，用死婴顶替交差。"斯帕科"，米底语意为"母狼"，所以民间传说居鲁士童年曾得到母狼哺育，长大后"狼性"十足。罗马、乌孙亦有"母狼乳婴"传说，也不知谁抄谁。

居鲁士10岁时，与小伙伴们玩"扮国王"，他被推举为王，鞭笞了某个抗命的"官二代"。结果事情闹大了，引起国王的注意，居鲁士的身份暴露。但宫廷祭司说，这小孩已经在游戏中做了国王，不会再次成王啦。阿斯提阿格斯疑虑消除，将居鲁士送回法尔斯，殊不知这一送却是放虎归山。祭司一句话救

居鲁士大帝陵

帕萨尔加德宫殿遗址

了居鲁士，后来阿契美尼德独尊拜火教，真是善有善报。是不是有点像"赵氏孤儿"？两件事相隔万里，时间情节却差不多。

公元前559年，居鲁士成为波斯部落首领。当年奉命行事的哈尔帕哥斯与居鲁士联络，要他起兵攻打米底，自己愿为内应。原来，国王发现哈尔帕哥斯没杀居鲁士，盛怒之下，将哈尔帕哥斯13岁的独子烹成菜肴，让他当面吃下。希罗多德描述，哈尔帕哥斯"没有被吓住，也没有失去自制力"，刻骨的仇恨让他冷静思考如何报杀子之仇。

历史总是惊人的相似，哈尔帕哥斯不就是伊朗的"周文王"嘛。当年周文王被囚，长子伯邑考为人质，却被妲己陷害，惨遭殷纣烹杀，做成肉羹赐给文王。文王佯装不知，和泪而食。后来，武王灭殷纣而建立周王朝。

公元前553年，居鲁士号召波斯部族反抗米底。征服米底的战争持续了三年。公元前550年，居鲁士攻克米底都城，他外公做了俘虏。居鲁士是波斯阿契美尼德家族，所建立的国家就叫阿契美尼德。

西部强邻吕底亚的国王克洛伊索斯（Croesus）看到居鲁士日益强大，欲趁波斯立国未稳，先行消灭。他派人到希腊著名的德尔斐（Delphi）阿波罗（Appollon）神庙祈求神谕："如果出兵进攻波斯，就可以灭掉一个帝国。"克洛伊索斯大喜，再次请求神谕，答："如果一匹骡子变成米底国王，你这个两腿瘦弱的吕底亚人，就必须沿着多石的海尔谟斯（Hermus）河逃跑。"米底国王不可能变成骡子，吕底亚人便于公元前547年大胆出兵，攻打波斯。

克洛伊索斯焚毁了他遇到的第一座波斯城市普特里亚（Pteria），闻讯而来的居鲁士在这里与吕底亚摆开战场。双方互有伤亡，未分胜负，克洛伊索斯决定退兵。

出乎克洛伊索斯的意料，居鲁士主动出击，一直攻入吕底亚本土。双方在首都萨迪斯（Sardis）郊外的辛布拉（Thymbra）平原决战，吕底亚人想依靠长矛骑兵取得优势。居鲁士听从哈尔帕哥斯的建议，将保障后勤的单峰骆驼集合起来，放在最前面，步兵和骑兵殿后。因为吕底亚战马忍受不了骆驼气味，立刻转身逃窜。

两周后，波斯军攻破萨迪斯，吕底亚灭亡。克洛伊索斯至此才明白德尔斐神谕的真正含义：出兵攻打波斯，被摧毁的是自己的帝国，而居鲁士就是"一头骡子"。因为他母亲是米底公主，父亲是波斯王子，这混血儿不就是骡子嘛。所谓神谕

帝王谷浮雕，战败的罗马皇帝拜见波斯王

帝王谷浮雕，阿尔达希尔单枪匹马将安息王打翻在地

估计也是无聊人编出来的段子，将吕底亚人给绕糊涂了。

至此，西亚三强已去其二，只剩新巴比伦王国。两河流域经济文化发达，是著名的"粮仓"。但居鲁士不急于进攻巴比伦，而是先花六年多时间征服波斯东部和中亚。公元前539年，居鲁士乘巴比伦内乱时出兵。

巴比伦是当时世界上最繁华的都城，异常坚固。但巴比伦人内讧，城市很快被攻破。入城的道路上铺满象征和平的橄榄枝，居鲁士握住巴比伦守护神马尔杜克（Merodach）雕像的手，表示愿以巴比伦人的身份进行统治。他释放了"巴比伦之囚"，将帝国首都迁到巴比伦，号称"宇宙四方之王"。《圣经》里说，居鲁士"使列国降伏在他面前""使城门在他面前敞开"。

历史学家慨叹："3000年之久的美索不达米亚自治就这样结束了。"巴比伦如此富足，可供应居鲁士大军四个月的粮食，而其他地方的料草加起来才够八个月。从爱琴海到印度河，从尼罗河到高加索，如此广阔的土地，都是波斯帝国版图。帝国的成功，关键在于统治者的开放与包容，即"在什么地方说什么话"。比如居鲁士破巴比伦，将自己当成巴比伦人。

西线稳定后，居鲁士开始对付中亚草原上的游牧部落。

公元前 530 年，他出兵征讨由女王托米丽丝（Tomyris）统领的马萨革泰（Massagetae）人。

居鲁士安营扎寨，以少许士兵留守，大军悄然退后。草原王子率部劫营，杀死留守士兵，居然在原地宴饮庆贺。居鲁士杀了个回马枪，俘虏王子，这公子哥羞愤自杀。虽然有勇无谋，但他自杀成仁，亦不失为勇士。女王派使者告诉居鲁士："我对马萨革泰人的主人太阳神发誓，不管你多么嗜血如渴，我终会让你饱饮鲜血。"

弓箭手射完了所有的箭，两军开始肉搏厮杀。胜利属于马萨革泰人，波斯全军覆没，居鲁士走完了他光辉的历程。女王找到居鲁士的尸体，割下头颅，放进盛满鲜血的革囊。她实现了自己的誓言，让居鲁士"饱饮鲜血"。

居鲁士的儿子冈比西斯二世（Cambyses II）继位，击败马萨革泰人，抢回居鲁士遗体，归葬于故都帕萨尔加德。据传陵墓修建于公元前 546 年，也就是说居鲁士在世时已开始建造。

200 多年后，亚历山大征服波斯，先头部队抢光了陵墓里面的珍宝。据说在亚历山大的特殊关照下，陵墓得以幸存。阿拉伯人征服波斯时，陵墓险遭破坏，当地人谎称这是"所罗门母亲墓"，才得以保全。以后十几个世纪，人们始终认为这座孤寂的陵墓属于"所罗门"（Solomon），直到1820年被确认为居鲁士大帝陵。

波斯帝国的第一个首都，除居鲁士大帝陵，其他宫殿几乎都是废墟。现今能见到的断柱残墙，是20世纪60年代初发掘复原后的模样，如马车驿站、私人宫殿、皇家花园、观众会堂、古桥、宫门、石塔、警卫室等，于2004年被联合国教科文组织列为世界文化遗产。

皇家花园的水道和水池隐约可辨，私人宫殿的柱子、牛腿、衣襟仍然可见楔形文字，残存的雕像服饰纹理清晰，皱褶分明。一根孤寂的方形断柱上用楔形文字刻着：

"是我，居鲁士王，阿契美尼德人。

宫殿遗址过去不远，是古代的马车驿站，几乎没留下完整的建筑。警卫室、宫门通道也只有断残的柱子和墙壁，观众会堂里有根长的柱子，孤零零地矗立在中央。附近还有冈比西斯陵，同样没留什么遗迹。事实上，这里的古迹正在挖掘当中，不远处有推土机,时断时续的轰鸣声在干燥的空气里分外刺耳。

东北山头有座用巨石堆砌的高台，石块间以铁箍连接，为阿契美尼德时期的祭火坛，是波斯波利斯成为拜火教中心前的祭祀场所。拜火教的圣火分家火、庙火和王火。王火为国王祭祀之火，这座石台上祭祀的就是王火，象征王气长盛不衰。

名妓毁城？波斯波利斯的倒掉

贾姆希德宴饮的宫殿
如今已成野狮蜥蜴的欢场；
好猎王巴赫拉姆（Bahram）的墓头，
野驴已践不破他的深梦。

——《鲁拜集》

法尔斯（Fars）是古波斯人最初定居的地方，也是阿契美尼德和萨珊王朝的中心。可以说，波斯帝国最辉煌的时期属于法尔斯。

我先按历史顺序，由远而近，参观完帕萨尔加德（Pasargadae）、纳克歇·鲁斯塔姆（Naqsh-e Rustam）的帝王谷、纳克歇·拉贾巴（Naqsh-e Rajab）的萨珊浮雕，将最后最好的时光，留给波斯波利斯（Persepolis）。

考古学家认为，波斯波利斯由阿契美尼德的大流士（Darius I）始建于公元前 515 年，前后历三世 70 多年，也许根本就没有完成。"波斯波利斯"是希腊人说法，意为"波斯人的城市"，伊朗人则叫"塔赫特·贾姆希德"（Takht-e-Jamshid），即"贾姆希德的宫殿"。

大流士打造了三个都城，除夏宫哈马丹（Hamadan）和冬宫苏萨（Susa），最重要的就是这礼仪庆典之都波斯波利斯，用以接待外国使臣，接受万国朝拜。公元前 334 年，马其顿亚历山大东征，连败大流士三世，征服波斯，放火将这座壮丽的宫殿烧成了废墟。20 世纪 30 年代美国芝加哥大学东方研究所和伊朗政府联合发掘，使古城遗迹重见天日，1979 年被联合国教科文组织列为世界文化遗产。

宫城建立在约 12 米高的石头平台上，东面依靠善心（Mercy）山，西面朝向平原。城内分三个区域，北面是外朝区，包括百柱宫、觐见厅，用于接见大臣和属国的使节；西南是内庭区，为国王的生活区；东南为珍宝库房区，存放国宝。外朝区东侧有卫戍士兵宿舍，东北和东南有岗楼。所有房屋都有高墙和石柱，石墙用伊朗产的硬质灰色石灰石，墙面和石柱用大理石，立面有雕刻。

入口有两条如"书名号"般的阶梯，据说这种设计是为了方便骑兵直接通行。高达 18 米的万国门（Gate of All-Lands）是波斯波利斯的标志，其实是两扇门板样的石柱，正面雕刻常见的公牛守护神（Guardian Bulls），头戴王冠，蓄卷曲胡须。门上用波斯、埃兰、古巴比伦三种文字刻着薛西斯题词，大意为："拜阿胡拉·马兹达恩赐，我所建造的万国门，为法尔斯最好的建筑。我建造的、先人建造的，一切都好，因阿胡拉厚爱，才得以完成。"

气势磅礴的万国门，先给来人一个"下马威"。但不用下马，因为这是一条宽达 10 米的"行军道"，骑士们通过 92 米长的走廊，接受检阅。昔年的大流士雄姿英发，如今只能在纳克歇·鲁斯塔姆的坟墓中回忆他的"万人不死军"。

走廊边立石柱，顶端相背而卧的鹰面马头雕像，是拜火教的"胡麻神"（Hum），也是伊朗航空的标识。往南为觐见厅（Apadana），或叫"典礼宫"，是举行盛大仪式的场所。台基的北侧面和东侧面各有两条阶梯，饰有大量浮雕，刻画服饰各异的朝贡者列队前进的场面。

当时波斯帝国共有 23 个民族、35 个属国。考古学家根据服饰和贡品识别出埃及、希腊、印度、阿富汗、腓尼基、巴比伦、阿拉伯、小亚细亚等人，手里或捧着王冠、宝石、酒器、衣物、皮毛，或牵着毛驴、绵羊、瘤牛、种马、骆驼，或挑着担儿，或推着车辆，一派繁荣昌盛的气象。所有这些，都以楔形文字公告："……承蒙阿胡拉·马兹达的恩典，我依靠波斯军队征服这些国家，给我送王冠的有……"后面列出一串国家名字。

除阶梯外，台基立面也有对称的浮雕。庄严的仪仗队伍和武装士兵，据说有一万名，即波斯帝国的"万人不死军"。头发胡须卷曲，应该是抽象的艺术手法吧？这种武士形象是波斯帝国的名片，伊朗现代建筑门上也能看到，如中国秦琼、敬德。

拾级而上，可见宫殿遗迹，残存的 13 根石柱矗立原地。据说宫殿屋顶用黎巴嫩雪松作梁枋，所以整体建筑不重。典礼宫东、西、北三面都有相同的门，每个门厅有两横列共 12 根石柱。南面直通后宫寝室，西侧面伸到宫城平台墙壁外，构成检阅台，能俯瞰前方各部族头领搭建的帐篷。可以想见当年的大流士薛西斯们在贵族和武士簇拥下，在这里对属国臣民发号施令，是怎样地意气风发？

从万国门东南，是百柱宫，为接见文武百官的宫殿，因厅内原有 100 根石柱而得名。如今没有完整的石柱，只有整齐排列的覆盆状石础。高耸的南门通体浮雕，分别是阿胡拉、国王，下层双手呈托举状的亚述、米底和波斯人。

万国门，正面牛身鹰翅人面保护神

两个穿着宽阔"哈伦裤"（Harem）的库尔德人穿过百柱宫，倒是别样风情。据说，库尔德人就是古代米底人后裔，与波斯人同源，因此伊朗境内的库尔德人相对稳定，不怎么闹情绪。伊朗是多民族国家，波斯人占66%，阿塞拜疆人占25%，库尔德人占5%。国民98%信奉伊斯兰教，其中91%为什叶派。

典礼宫和百柱宫主要用于庆典和宴饮。每年春分，国王亲自主持盛大的"诺鲁兹"（Nurouz）节。典礼结束后举行宴会，人们能享用到骆驼肉、鸵鸟肉，席散时还可把银盘玉碗顺手牵羊。"诺鲁兹"源于拜火教，即波斯历新年，是太阳诞生的日子。如今塔吉克斯坦和阿富汗部分地区还过这个节日，将其当作自己民族的新年。

西南内庭有大流士宫、薛西斯宫和其他寝宫、花园、池塘等。大流士宫留存石雕最多，门道两壁有对称的公牛守护神浮雕。

东南宝库面积超过 8000 平方米，当年存放着许多金银财宝。公元前 330 年，波斯波利斯轻松落入亚历山大手中，他们发现了惊人的宝藏。希腊历史学家普卢塔克（Plutarch）估计，至少需要 1 万对骡子加 5000 头骆驼才能将财宝运走。现在修复了一座约 750 平方米的库房作展厅，陈列着埃及石碗石盘、阿富汗的蓝色青金石、中亚诸国的金银珠玉等。

波斯人崇拜狮子，随处可见"狮子猎牛"浮雕。为表现狮子力大无穷，工匠们将其肌肉雕刻得异常发达，而且胁生双翼，前爪嵌入牛背，再来个狮子大开口。公牛前蹄腾空，一招回头望月，企图摆脱狮子。狮子象征春天，公牛象征冬天，狮

...宫残存的 13 根石柱矗立原地。柱础、柱身和柱头
...刻，柱头雕刻独具特色，自上而下上有覆钟、覆
...竖立的成对涡卷，顶端为相背而跪的雄牛，牛头
...架设托梁横木

大流士宫，远处的断墙上有大流士的雕像，身后是打伞的
侍从。据此，波斯人说伞是他们发明的

帝王谷，阿契美尼德时期的四个帝王就葬在这里，面对陵墓，从左至右分别为大流士二世、阿尔塔薛西斯、大流士一世及薛西斯一世

子吃掉公牛，意为冬去春来。也有说阿契美尼德的帝王警告他的属国，谁胆敢犯上，就会被吃掉。不过，石门内侧的立狮浮雕，却被国王的匕首刺中腹部，证明国王比狮子更强更壮更猛。敦煌榆林16窟有幅五代的"狮子搏牛"壁画，舍利弗幻化成一头雄狮，欲降服由劳度叉幻化而来的壮牛。从画面看，颇为

相像，不知道其间有无渊源？

　　末代国王大流士三世绝非昏庸无能，他曾是波斯军中的勇士，被权臣当作傀儡扶上皇位，所接手的阿契美尼德是个烂摊子。继位后除掉权臣，平定埃及，可惜遇到为战争而生的亚历山大。古罗马庞贝（Pompeii）出土的伊苏斯（Issus）壁画显示，末代波斯王身材魁梧，相貌英俊，是名副其实的"高富帅"。

伊苏斯一战，大流士三世丢掉半壁江山，连家人都被俘。公元前331年，高加米拉（Gaugamela）战役打响，结果他所率领的人数居多的新兵蛋子再次被装备精良的马其顿军队击败，只好逃往哈马丹，欲图东山再起。据说亚历山大进入冬宫苏萨，登上大流士宝座，尴尬地发现自己两脚悬空，随从赶紧拉过矮凳给他垫脚。

穷途末路的大流士三世没有战死，却被自己军中的叛徒所杀。史料记载，亚历山大将大流士三世的遗体运回巴比伦，以国礼厚葬。《亚历山大传》描述，波斯亡国，贵族们穿上他们最漂亮的礼服，宁可从城墙顶端跳下或在家里自焚，也不愿落入敌手。士兵们四处抢掠，切割战俘喉咙，或因分赃不均而自相残杀。大屠杀延续好几天。世界历史上第一个称雄亚非欧的帝国就这样灭亡，看似很多巧合，其实也是必然。

关于波斯波利斯的"一把火"，极富传奇的说法是"名妓毁城"。雅典名妓泰绮思（Thais）在攻克波斯波利斯的庆功宴上，怂恿亚历山大烧掉曾焚毁她家乡的薛西斯的宫殿，宣称如听她言，后世会说："一个随军远征的女子比马其顿全体将士给予波斯人的惩罚还重。"士兵们高声起哄，亚历山大亲自为她开道。在歌舞樽前，波斯波利斯被烧成灰烬。

考古学家在挖掘波斯波利斯时，发现灰烬足有一米深。通常认为，亚历山大烧掉波斯波利斯，是报复当年波斯军队进攻希腊火烧雅典，所谓"以其之道还治其身"者也。

后来的波斯人，再也没有这样史诗般的建筑。如今的波斯波利斯是伊朗旅游的标志，让远道而来的我们评说今古，感慨兴亡。爬上善心山腰，俯瞰波斯波利斯，夕阳衰草，断壁残垣，令人扼腕不已。

chapter 14

亚兹德，风塔之城

chuangsuo   zhongya

拜火教圣地

天蒙蒙亮，我所乘坐的夜班车抵达亚兹德。这家客栈是丝路旅馆的分店，泥砖墙，拱形门，粗重的木头门扇布满铁钉，两边把手煞是有趣，左门四棱，右门圆环。我抓住圆环就敲，出租车司机跟上来，微笑着说："男人应该使用左边。"这么明显的性别标志，我居然给忘了。

其实，我知道相关规矩。铁条声音厚重，圆环声音清脆，主人从声音判断来客性别，以决定家中女眷是否回避。如男主人不在，女眷则可不予应答，客人自会离去。这倒能理解，可我还是不服气，不管男女，客栈都应该欢迎光临吧？

"亚兹德"波斯语为"神圣、富裕"，就像身形硬朗的乡下老人，横卧在希尔（Shir）山麓的盆地里。传说已有 7000 年历史，是"地球上最古老的活着的城市"。纵横在伊朗高原上的统治者们，从未在此建都。而管理亚兹德的地方官，只是修了几座无关痛痒的建筑，所以还保持着朴素而硬朗的原始风貌。

作为丝路重镇，旅行家马可·波罗将亚兹德描绘成"一个精致而壮观的商业城市"。现在的亚兹德以贝赫什迪（Beheshti）广场为界，东北属老城，西南是新城。老城有条适合徒步游览的路线，沿途有星期五清真寺、博物馆、"亚历山大监狱"等遗迹。有人诗意地说："迷失在亚兹德的巷子里。"

亚兹德是拜火教圣地，那些"被故国遗弃"，但还坚守信仰的拜火教徒还住在这里。城南的一座拜火教圣殿、两座寂静塔，北边沙漠深处的长明火，就是他们信仰的源泉。

拜火教圣殿（Atashkadeh），也称火庙，建于470年。火庙结构简单，一个水池、两排柏树、一团燃烧了1500年的火焰，象征火、水、土、风元素。祠堂有光明智慧神阿胡拉·马兹达（Ahura-Mazda）像，相传他手里的小圆环表示与上天的契约，戒指含义即由此而来。波斯壁画最常见的题材就是阿胡拉将圆环交给未来国王，以示"天将降大任于斯人也"。

拜火教是俗称，希腊人称"琐罗亚斯德教"（Zoroastrianism），汉语著作译为"苏鲁支"。一般认为琐罗亚斯德确有其人，大约生活在公元前6六世纪初，可能是乌鲁米耶（Urimiyeh）湖附近的贵族。他20岁离家修行，坚信自己是先知，是光明智慧之神阿胡拉的使者，为世人传达神谕。波斯民间传说，守护神和天光混合而诞生琐罗亚斯德，创造拜火教后，在雷电声中归天。事实上，他可能死于战争。

阿契美尼德时期，拜火教得到统治者的垂青。大流士在铭文里说，阿胡拉使他登上世界之王的宝座，强调"君权神授"。随着帝国的扩张，拜火教迅速传遍中西亚，成为占统治地位的宗教。有朝廷做靠山，拜火教受到尊崇，祭司(Magis)尽享荣耀。"祭司"波斯语意为"有魔力的火焰"，英语"魔法"（Magic）即源于此。在波斯波利斯的浮雕里，祭司就站在大流士身后，足见其地位。

亚历山大入侵使拜火教遭受打击。萨珊王朝时，拜火教复兴，有了自己的经典《阿维斯塔》（Avesta），或称《波斯古经》，意为"知识、谕令"，包括诗歌、仪式、道德和神学论文。琐罗亚斯德本人的著作统称"伽塔什"（Gathas），多为对神的赞美诗，认为最高神阿胡拉·马兹达和恶灵安哥拉·曼纽（Angra Mainyu）间进行着长达 1.2 万年的战争，最终"光明"战胜"邪恶"，"破坏性精神"永远消失。

在宇宙之初，有两种原始的力量，共生着，
他们是善和恶，存在于思想中、言语中、行为中。
让智者在两者间选择正义，
做好的，不做卑贱的。

——《波斯古经》

阿拉伯人接管波斯后，初时还能容忍拜火教的存在。8世纪以后，宗教冲突尖锐，大批拜火教民改信伊斯兰。10世纪以后，部分有财力的教徒逃往印度。13世纪中叶蒙古人的到来，使拜火教受到致命打击，再也没有恢复过来。

拜火教不倡导自虐苦行，也不主张过分享受；宣扬"三善"精神，即善思、善言、善行；首创末日、来世、复活、天堂、地狱、善恶等二元论概念，认为自然由火、水、土、风组成。作为古波斯文明的核心组成部分，拜火教在中西亚地区活跃1300多年，对后来基督教和伊斯兰教影响深远。

南北朝时，拜火教传入中国，史称祆(xiān)教、火祆教。后祆教被北魏接受，开始进入朝堂。北魏、北齐、北周的皇帝带头祭祀，隋唐的东京西京、南宋的汴梁镇江都有祆祠。"安史之乱"时，安禄山自称拜火教主，是"粟特光明之神的化身"，蛊惑人们奔向光明，将唐王朝搅得天翻地覆，一蹶不振。"会昌灭佛"后，祆教受到牵连，转入地下活动，是为明教。明朝建立后被取缔，今泉州、福州尚有明教寺庙，内供明教文佛。

逃到印度的拜火教徒最初来到一个叫"丢"（Diu）的岛屿上，19年后才被允许在古吉拉特（Gujarat）居住，称"帕尔西人"（Parsis）。殖民时期，帕尔西人迅速进入工商业领域，

德郊外的寂静塔

头面人物甚至进入英国议会。今天的帕尔西"塔塔"（Tatas）集团还是印度企业的翘楚。去过孟买的人，也许见过帕尔西人举行天葬仪式的"寂静塔"。

对全世界为数不多的拜火教徒来说，亚兹德拜火教圣殿是一生必须要来一次的地方。赞坚（Zanjan）的世界文化遗产塔赫特·苏莱曼（Takht-e Soleyman）祭火坛，也是重要的拜火教圣地。

亚兹德北 70 公里外还有个拜火教圣地，即萨珊时期的"恰克恰克"（Chak Chak Zorastrian Shrine）。公元 637 年，阿拉伯人击败萨珊王朝，末代皇帝伊嗣俟三世（Yazdegird Ⅲ）的二女儿尼克巴鲁（Nikbanuh）公主逃到这里，缺水断路，绝望之余，便将手杖砸向山岩。嘿，拜火教大神显灵，峭壁间"恰克、恰克"，有水滴落，传言山崖同时裂开，公主逃过一劫。

圣地在悬崖中间，花半个小时才能爬上去。看守圣火的祭司年逾六十，一袭白衣，看起来颇有气度。见我靠在台阶上喘气，指着一排自来水管，示意可直接饮用。没有其他游客，买完门票，老爷子递过一把钥匙，让我自行参观。

火庙就是座山洞，地面铺大理石，中间放 12 个铁盘，顶

拜火教圣地

长明火

端香烟缭绕。岩壁凿出一个拱形壁龛，内嵌三盏油灯，小如黄豆，这就是圣火。如果真的长明不熄，算来已近 14 个世纪。

洞顶岩缝里有水滴落，但不再"恰克恰克"，地上几个盆子，水滴入里面，荡起层层涟漪。我走过去张嘴待水，结果溅得满脸都是。山洞一面敞开，扶栏远眺，只见群山叠嶂，瀚海纵横，几乎没有生命的迹象。

法国旅行家杜普雷（Dupre）说亚兹德有拜火教徒八千，"……今只存于波斯境内亚兹德、克尔曼，余者避往印度河流域或古吉拉特。其逃亡于外者富逸，与留本国教民之劳苦适成反比"。目前世界各地的拜火教徒约 14 万，其中 9.2 万在印度，而伊朗本土只有 1.7 万，北美地区有 5000 余。

据说，近些年拜火教信众开始前往伊朗，踏上寻根问祖的旅程。每年波斯历 6 月 14 至 18 日，伊朗和邻国的拜火教徒都会来此朝圣。看起来，衰微十几个世纪的拜火教，有复兴的迹象。

其实，拜火教徒最后的归宿也独具特色。亚兹德南郊的沙丘上有两座火山口似的圆筒建筑，配备储水、清洗、保安等设施，这就是拜火教徒举行天葬的"寂静塔"（Dakhmeh-ye Zartoshtiyun）。他们认为自然由火、水、土、风组成，这"四行"

不能污染。人死后尸身很快会被"恶灵"腐蚀而"不洁"，土葬或火葬会"污染圣洁的大地"，所以于远离村庄的荒野建造"寂静塔"归葬。

20世纪60年代，随着城市化的发展，伊朗立法禁止天葬。天葬被废止后，这些神秘的"寂静塔"对公众开放，成为旅游景点。

风塔与坎儿井

亚兹德是波斯泥砖建筑的活化石。清晨起来，站在客栈屋顶远眺，只见屋顶风塔鳞次栉比，像飞碟，像蜂巢，像城堡，让人惊叹不已，"风塔之城"果然名不虚传。亚兹德和布哈拉一样，保留着原始的泥砖色调，让人想起沙漠绿洲和骆驼商队。

客栈是萨法维时期的传统波斯民居，四周房间，泥墙用白灰勾勒出简洁的图案，像古代骆驼旅馆。低凹的院子里摆着几张圆桌，中间是花园，爬满葡萄藤。在亚兹德，我就住在这里，的确有"宾至如归"的感觉。

我今天计划去亚兹德第二大城市梅博德（Meybod）。委托客栈租到一辆车，便前往沙漠，寻找丝路遗迹。古城在亚兹德西北 50 公里处，盛产诗人、学者、政治家和宗教领袖。有迹可循的历史超过 1800 年，有波斯城堡、商队旅馆、坎儿井（Qanat）、鸽子塔、邮局、冰屋、古村等遗迹。

说起来，梅博德是莫扎法尔（Mozaffarid）王朝的发源地。14 世纪蒙古伊儿汗（Ilkhanate）统治时期，莫扎法尔为梅博德总督。随着伊尔汗崩溃，莫扎法尔的儿子穆巴里兹丁（Mubariz al-Din）入侵克尔曼，征服巴姆（Bam），击败因贾（Injuids）王朝，攻陷伊斯法罕,定都设拉子,成为伊朗中部最强劲的势力。

古城有许多历史遗迹,始建于萨珊王朝时期的纳林（Narin）城堡，坐落在伽林（Galeen）山顶。一座圆柱形碉楼保存比较完整，因屡建屡毁，这座不起眼的城堡流淌着波斯各个时期的血液，是伊朗历史的缩影。进入城堡，登高而望，一派沙漠绿洲风光。梅博德也是麦草和泥巴筑砌的城市，奇形怪状的风塔和清真寺圆顶，组成充满异国情调的丝路画卷。

旁边有坎儿井，地表隆起一个圆顶，周围三座长方形风塔，窗户穿木棒以防震，像天外来客。当地人说有些风塔内部装五彩玻璃，置特殊气味的木头，能防蚊虫苍蝇。沿着台阶进入地下可见暗渠。伊朗人挖坎儿井的历史超过 2000 年，可追溯到公元前 6 世纪。通常沿着自然坡度在地下 10 余米深处挖掘暗渠，再将雪水引入，以减少蒸发。每隔一段距离从地面打竖井连通水渠，以便取水和灌溉。也有人将坎儿井称作"地下运河"，誉为丝绸之路上的生命线，2016 年，"伊朗波斯坎儿井"被列入世界文化遗产名录。

坎儿井和风塔是绝配。亚兹德人不仅利用坎儿井的水流驱动水车磨面，还利用穿过房屋下面的水渠，结合风塔组成天然的空调房，以对付伊朗沙漠地区高达 50℃的夏天——在房顶建起四面百叶的风塔，与坎儿井组合，一上一下，构成精妙的室内降温系统（Shabestan）。由于上下温差大，当风来时，风塔就会将室内热空气抽走，而地下坎儿井里的冷空气则被置换到室内。如此下沉辐散，对流循环，窗外赤日炎炎，屋里凉风习习。实际上，我住的客栈还在使用这种天然"空调系统"。

亚兹德人将坎儿井和风塔运用到极致。这家商队旅馆博物馆就有坎儿井系统，一群游人跑进去，钻到井底纳凉。坎儿井的顶端是 1.8 米高的六角平台，专为骆驼商队设计——将骆驼牵到平台旁，利用侧面阶梯即可骑到骆驼背上。

一个房间被辟为地毯博物馆，据说收藏有千余年的宝贝。博物馆除销售纪念品，还可以让游客自己尝试编织。工作人员说手工地毯叫"Silu"。马可·波罗描述："商业茂盛，居民制作丝织物名曰亚兹迪（Yazdi），由商人运赴各地，贩卖谋利。"不知这"亚兹迪"与"Silu"有什么关系？

隔壁是座老邮局（Chapar Khane），大门上写着"王道，雷伊至克尔曼"，显然是雷伊（Ray）通向克尔曼（Kerman）的波斯王道上的一个中转站。"波斯王道"是阿契美尼德时期所建的公路网，从爱琴海港口穿过土耳其，沿底格里斯河抵达苏萨，再到波斯波利斯，最后经沙漠至克尔曼。波斯王道比中国"秦直道"早，全长2500多公里，商队花90天才能走完，主要用于信息传递，可能是世上最早的邮政系统。沿途有旅馆，每隔四五十公里就有驿站，多达111个。

马可·波罗说："若离此城远行，骑行平原亘七日，仅有三处可以住宿。时常经过美林，其中极易走马，亦易豢鹰猎取鹧鸪、鹌鹑及其他飞鸟。所以商人经行此地者行猎娱乐，其地亦有极美之野驴。"

十字路口是萨法维时期的冰屋（Yakh Dan），里面像个大泥缸，半截深入地下，顶端有圆孔。光线从中通过，投射在冰屋里，如灯如炬。冬季制成的冰块能储存到夏天，想来也是权贵富商专用，穷人恐怕只能躲在坎儿井里。

不远处还有座圆柱形的鸽子塔（Kabootar Khaneh）。泥墙粗糙，为防蛇爬，中间有条很宽的光滑腰带。内壁坑坑洼洼，许多洞，像凿刀，应该是鸽子窝。可供 4000 只鸽子栖息，现在尚有百余鸽子标本。据说梅博德曾有 3000 多座鸽子塔，一座最多可养 2.5 万只鸽子。伊朗人不吃鸽肉，而是收集鸽粪做肥料。幸福的鸽子，当庆幸生在伊朗。

最后乘车奔赴梅博德东 70 公里处的哈拉纳格（Kharanagh）。据说最古老的建筑已有 40 个世纪，曾是古丝路重要的驿站，鼎盛时期有 2000 余居民。随着古丝路没落，人们逐渐搬离，直到 30 年多前最后一位居民离世，古村彻底废弃。建于 17 世纪的拜火教摇晃塔（Shaking Minaret）保存完好，当地人说，摇晃塔能预测天气，强风来时，塔身就会摇晃。

与撒马尔罕的一座砖塔类似，通过狭窄的通道爬到顶，这塔便真的摇晃起来。

chapter 15

伊斯法罕，贸易中心

chuanguo zhongya

伊斯法罕半天下

作为伊朗第三大城市，伊斯法罕是萨法维帝国鼎盛时期的见证。16 世纪法国诗人雷尼尔（Renier）赞叹："伊斯法罕半天下"（Esfahan Nesf-e Jahan），就像我们所说的"天下三分明月夜，二分无赖在扬州"。这座丝绸之路上的枢纽城市，拥有天下一半的财富。虽然有些夸张，但足以证明伊斯法罕当年的繁荣和富庶。

伊斯法罕源自波斯语"斯帕罕"（Spahan），意为"军队"，说明自古就有屯兵耕战的传统，阿契美尼德时期已有城池。11 世纪，塞尔柱定都伊斯法罕，将这里打造成帝国的政治经济文化中心。公元 1387 年，伊斯法罕遭帖木儿屠城，七万居民被杀，头颅堆积如山。萨法维时期，帝国在与奥斯曼的争斗中处于下风。16 世纪末，阿巴斯（Abbas I）将国都从加兹温（Qazvin）迁到伊斯法罕，古城再次繁荣。

经过一系列改革和整治，萨法维内部渐趋稳定，开始强兵复国。阿巴斯于 1603 年征讨奥斯曼，收复所有失地后，拿到一纸和约。他当政42年，将伊朗西北大部、高加索、两河流域、阿富汗西部都纳入帝国版图。

阿巴斯及其继承者在国内大量修建清真寺，宣扬什叶派教义，最终将伊朗打造成以什叶派为国教的穆斯林国家，奠定了现代伊朗的宗教信仰基础。当时城郭富裕，商旅云集。又因农业发达，伊斯法罕成为"皇家仓廪"。所以后世将居鲁士、大流士和阿巴斯尊为古波斯三大雄王；在伊斯兰教发展史上，阿巴斯则与苏莱曼（Sulayman）、阿克巴（Akbar）齐名。

《伊斯兰在波斯》这样描绘："全城有60万居民，162座清真寺，48所神学院，182家商队客栈和173个公共浴池。路人服饰华丽，市场繁荣，精美的帐篷一个挨着一个，货铺上排列着精美的工艺品。"所谓"伊斯法罕半天下"，倒也不是浪得虚名。

萨法维王朝在伊斯法罕留下许多著名的建筑，包括四十柱宫（Chehel Sotun）和伊玛目广场，以及周围的清真寺、经学院、巴扎等附属设施。

四十柱宫建于1647年，为国王广场的附属建筑，是阿巴斯二世的手笔。大殿由主厅、北厅、南厅、镜厅等组成，主要用于接待外宾，现整体被辟为博物馆。除建筑本身，还有当年的皇室用品、钱币、书法等。最珍贵的是反映皇室生活、娱乐宴饮和杀伐征战的壁画。

有一幅壁画表现的是胡马雍向太美斯普一世（Tahmasp I）求救的场景。胡马雍是印度莫卧儿第二代王（Humayun），被阿富汗人击败后逃到伊朗。他在伊朗十年，在波斯王帮助下打回印度，重建莫卧儿。我曾拜访过他的故都德里，在他失足坠亡的旧堡八角亭前徘徊。

阿富汗号称"帝国坟场"，甚少建树，但偶尔也会霸气外露。太美斯普帮胡马雍重返印度，种下恶果。公元 1722 年，萨法维衰微，阿富汗 2 万铁骑包围伊斯法罕，城内 8 万多人饿死，国王侯赛因率臣民投降。延续 235 年的萨法维王朝自此覆灭，伊斯法罕也不再繁华，一直到巴列维（Pahlavi）时期才得以重建。

穿过国王花园，就是伊玛目广场，始建于 1612 年，起初叫"国王广场"，伊斯兰革命后改称今名。面积达 8 万平方米，周围是双层拱形连体边楼，上层看台，下层商铺。原是阅兵和举行各种庆典仪式的场所，从旁边的马球壁画可以看出，应该经常举办马球比赛。中间有喷泉和草坪，四面是修剪成宝塔形的柏树。1979 年，伊玛目广场被联合国教科文组织列为世界文化遗产，有"世界的典范"（Naqsh-e Jahan）的美誉。

广场四面为恢宏的伊斯兰建筑。南边伊玛目清真寺，东边谢赫·卢特夫劳（Sheikh Lotfollah）清真寺，西边阿里·卡普（Ali Qapu）宫，北边巴扎入口（Qeysarieh Portal）。为照顾整体布局，巴扎入口亦如清真寺。

南边是"世界上最漂亮"的伊玛目清真寺，于1611年始建，历时几十年。有趣的是，为使祈祷大厅朝向麦加，清真寺整体向东偏移45度，只好将正门来对着广场。拱顶下面有黑色石块拼成的标记，即"回音石"。因穹顶有七级回音功效，站在回音石上拍手或者喊叫，能听到循环起伏的回音。几个小孩跑来，双手放在嘴边合成喇叭，不停地喊"因沙安拉"（Inshallah），回声四起，深长悠远。我也忍不住拍手跺脚，离拱顶中心越远，回音越弱。

除建筑外，伊斯法罕还以工艺品集市闻名。广场周围的铺面通常前店后坊，有细密画、水烟壶、铜雕、银器、灯具、盘子等，可谓伊朗购物天堂。

世界十大巴扎，伊斯法罕长达8公里的巴扎位列第三。从北边进入，能碰到许多有趣的事情。泥砖编成的拱顶有太阳和月亮形状的圆孔，虽然也有金银珠玉，但更多来自中国的日用品。要说货品质量，还是伊玛目广场周围的店铺为上。

看到两个穿着黑色长袍的毛拉（Mawla）从一个拱门里出来，我便进去参观。原来是查赫巴格（Chahar Bagh）经学院，"查赫巴格"指以十字形分成四部分的天国花园。虽然地处巴扎，但环境清幽，闹中取静。学生们正在看书，见有外国人闯入，赶紧起身致意。我连忙退出，跟屋檐下闲坐的毛拉搭讪。他戴很厚的白头缠，外面黑披风，里面灰长袍。

毛拉即"阿訇"，伊斯兰教职称谓。什叶派宗教学者分大阿亚图拉（Grand Ayatollah）、阿亚图拉和教士（Hojatoleslam）三个教阶。

辞别毛拉，继续往前。巴扎尽头是星期五清真寺，初建于塞尔柱时期。经过四次修缮，留下不同时代的印记，2012被列为世界文化遗产。当地人炫耀似地说"是伊斯兰世界最大、最神秘的清真寺"。据说伊朗有8万座清真寺，这座是否世界最大，有待考证。

穿过泥砖砌成的走廊，门口值班的老头儿，正在敦促几个妇女更换长袍。清真寺面积达2.2万平方米，四面伊旺（Iwan）。"四座不同时代的建筑，组成伊朗最大、最富历史内涵的清真寺综合体，集中体现了800年间伊斯兰宗教建筑的演变，同时拥有塞尔柱、蒙古和萨法维时期的建筑特点。"外墙可见用阿

伊玛目广场

拉伯文撰写的"安拉""阿里",以及清晰的"卐""卍"符，是古波斯元素融入伊斯兰建筑的经典作品。

阿拉伯最初的清真寺没有花纹图案装饰，吸收波斯元素后，才有了新花样。一位阿拔斯时期的哈里发说：在波斯人统治的千余年，他们不需要我们；而我们统治波斯人期间，却一时一刻都离不开他们。

基督教社区

浪漫旖旎的扎扬德（Zayandeh）河穿过城市，将伊斯法罕分为南北两半。北边是穆斯林的传统生活区，南边则是焦勒法（Jolfa）区，为亚美尼亚教会，基督教徒聚居地。

亚美尼亚是南高加索的古老民族，何以在"半天下"有他们的聚居区？

说起来有些悲情，亚美尼亚人创造过高度发达的文明，但一直在大国夹缝里求生存。萨法维时期，波斯西北焦勒法地区与奥斯曼经常发生战争，当地亚美尼亚人只好迁移到伊斯法罕，形成独特的"焦勒法区"。阿巴斯允许他们有自己的信仰，帮助他们建起十多座基督教堂。如今所见，大致反映 17 世纪伊朗少数民族的经济情况和社会地位。

焦勒法区安静而整洁，像欧洲小镇，偶有披着黑袍的伊斯兰女子经过土黄的泥墙根，倒是风情别样。走进巷子就看到伊朗最精美的旺克（Vank）大教堂，大门如寻常百姓人家，顶部有半圆形蓝底的教堂全景图。门前水池里有尊黑色的牧师雕像，此公就是教堂的首任牧师哈查图尔（Khachatour），身后平房为他当年创办的印刷厂。

教堂建于萨法维时期，洋葱状的中央穹顶，十字架、六角星，融合亚美尼亚、伊斯兰和波斯建筑元素。院落左边有座建在十字架台基上的四柱空心塔，右侧是建于 1702 年的六棱尖顶钟楼。

一位黑衣女子过来打招呼。标准的波斯美女，她像采访一样：

"从哪里来？"

"叫什么名字？"

"一起几个人？"

"去过什么地方？"

"感觉伊斯法罕怎么样？"

"……"

事实上，她就是在采访。一问一答间，她妈妈还在旁边录像呢，搞得我莫名紧张。她叫马赫迪·穆罕默迪（Mahdieh Mahmoodi），马赫迪是"救世主"，即第十二伊玛目，穆罕默迪是玫瑰花名。她倒好，我想问的，她全招。穆罕默迪是穆斯林，住在伊斯法罕郊区，陪妈妈来参观教堂。我为她拍了几张相片，便互留邮箱，分头参观。

教堂模仿意大利风格的壁画是亮点。中央穹顶以蓝色和金色描绘亚当夏娃创世纪后被逐出天堂，四面墙壁有天使报喜、耶稣降生、出埃及、受洗、晚餐、蒙难等经典《圣经》故事。教堂里面安静祥和，偶有游人进来，也尽量放轻脚步，以免惊动上帝。一个老爷正在聚精会神地看书，似乎不介意我拍照。

对面是博物馆，陈列与亚美尼亚历史相关的手稿和文献，还有奖章、雕刻、古书、乐器等。

亚美尼亚人来到伊斯法罕，办起了中东第一家印刷厂，老板就是教堂的首任牧师。其实，许多亚美尼亚人都融入伊朗社会生活，如耶普伦·汗（Yeprem Khan），甚至牵涉到伊朗历史。他是亚美尼亚革命领袖和民族英雄，领导人们和奥斯曼军队打游击，参与恺加王朝晚期的"宪法革命"，曾任德黑兰警察局长，博物馆有他全副武装的半身铜像。

院内还有一座图书馆，里面珍藏亚美尼亚和欧洲中世纪语言的各类书籍。

从教堂出来，夜幕初临，三十三孔桥已然灯火通明。其实，扎扬德河上有三座古石桥，此际正在竞相争晖。

十三孔桥

chapter 16

德黑兰，西亚暖城

chuangruo   zhongya

从巴列维到霍梅尼

和中国类似，伊朗人也颇多繁文缛节。最常见的礼节是微笑、点头，对尊贵的客人右手贴胸、略欠上身；男士见面握手寒暄，一堆客套话；亲切熟悉的人则拥抱贴面，老朋友会亲吻额头。

进入伊朗多日，终于来到伊朗首都德黑兰。德黑兰波斯语意为"洁净之城"，北高南低，雪山环绕。作为国家首都，不过200多年历史，充其量是一位"新贵"。公元9世纪，这里还是雷伊（Ray）城郊的小村庄。雷伊曾被誉为"地球上的新郎"和世界上"最美的作品"。13世纪蒙古人入侵，附近城市遭到毁坏，德黑兰才开始兴起。1788年，恺加（Qajar）王朝定都德黑兰，是为伊朗第32个国都，如今是西亚最大的城市。

其实，礼萨·汗根正苗红，出生于伊朗北部的一个农民家庭。

时逢乱世，屡立战功，后来"挟天子以令诸侯"，于1926年创建巴列维王朝。1941年9月，礼萨·汗内外交困，被迫退位。儿子小巴列维继位，是为末代国王。礼萨·汗最终落入英国人手里，被软禁在毛里求斯，后又转移到南非约翰内斯堡，于 1944 年病逝。

现代伊朗的许多政治事件与这座白房子有关。1953 年，美国中央情报局驻中东办事处要员、前罗斯福总统的孙子克米特（Kermit Roosevelt）曾在深夜造访白宫，与小巴列维商量如何推翻首相摩萨台（Mohammad Mosaddegh）。这种干涉内政、破坏伊斯兰革命的行为，是现代伊朗痛恨美国的根源。

随着巴列维的改革失败，与宗教领袖决裂，被迫出国避祸，最终客死开罗。他在流亡期间，著有《我对祖国的职责》《对历史的回答》等，以表达他对故国的忠诚和眷恋。愿望是好的，但他没有处理好世俗与宗教的关系。事实上，巴列维时期，因受欧美风气影响，伊朗社会趋于世俗化，就像今日中亚诸国。伊斯兰革命胜利后，伊朗又回归伊斯兰共和国。如今的许多伊朗年轻人，仍然会怀念巴列维时期。

德黑兰市中心在南部。这里的道路多以两伊战争中牺牲的烈士命名，街头悬挂着他们的画像，以纪念他们的贡献。从革命（Enqelab）大街到莫拉维（Molavi）大街，是城市最繁华的路段，其间深藏着有趣的博物馆、大巴扎和清真寺。

古列斯坦（Golestan）宫是德黑兰最老的历史遗迹，初建于萨法维时期，现存的 17 座宫殿主要为 19 世纪中晚期的建筑。巴列维时期用于正式接待，他们父子俩的加冕典礼都在这里举行。"古列斯坦"意为"蔷薇"，故又称"蔷薇宫"。作为"旧社会"的遗物，一度曾以泥巴茅草封存。2013 年被联合国教科文组织列为世界文化遗产，也是德黑兰最吸引人的景点。

院里跑着几只猫，灰头土脸，就是寻常家猫。此前，我想当然地以为，伊朗遍地都是波斯猫。

城西有座"阿扎迪"（Azadi），或称自由塔。原是 1971 年小巴列维为纪念波斯立国 2500 周年而建，结合萨珊风格和伊斯兰建筑元素，时称国王纪念塔。伊斯兰革命后，"国王"流亡海外，改称自由塔。

波斯宝藏

如果要见识堆积如山的珍宝，就一定要去德黑兰的珍宝博物馆。

自由塔，为纪念波斯建国 2500 周年而建

德国大使馆对面就是伊朗中央银行，楼体虽然有些陈旧，但黑色的大理石门脸却显得庄重威严。通过暗门进入地下，将随身的相机包存起来，通过层层安检，才能到达银行的地下大厅——珍宝博物馆。

伊朗珍宝博物馆建于1937年，次年礼萨·汗将皇室藏品交给伊朗国民银行，作为发行纸币的担保。"货币天然不是金银，金银天然是货币"，早期纸币的发行，以金银等硬通货为依据。如今的美元放弃金本位而与石油攀上亲戚，但盛产石油的伊朗纸币却一直贬值。据统计，自2012年始，里亚尔累计贬值超过60%。

博物馆于1960年底向公众开放，有40多个展柜，收藏了近几个世纪以来伊朗王室最珍贵的国宝，从珠玉、饰品、武器到王座、皇冠、服饰等宫廷用品，应有尽有，其中大多数来自古列斯坦宫。

馆内戒备森严，如触摸到玻璃或柜子，警报器就会鸣叫，引来警卫人员关注。灯光有些暗淡，但足以反射这些珍宝的光华。成串成堆的珍珠玛瑙钻石金银，随意散落在柜子里，甚至从盛放的碟子里溢将出来。我怀疑这是工作人员故弄玄虚，让游客产生"视珠宝如粪土"的错觉。看到柜子里那些镶嵌珠宝的精美盒子，感觉真会发生"买椟还珠"这回事。

钻石和珍珠串成的羽毛状饰品、镶嵌着红宝石和绿松石的金色搪瓷水瓶、挂满绿宝石和红宝石的黄金烛台、缀满绿松石和红宝石的水烟筒、摆放在桌子上的缀满红宝石的圆球、用金丝编成的巴列维的加冕披风、镶嵌红宝石和绿宝石的黄金盾牌和各种武器，都让人叹为观止。有块20公斤重的刻花金板，上面用小钻石组成文字，据说为礼萨·汗加冕时犹太教民进献的宝物。

象征伊朗王权的"纳迪尔宝座"，据说共镶嵌26733颗宝石。名为"纳迪尔"，但有关文字和证据表明，宝座为他儿子阿里·沙（Ali Shah）所有，巴列维父子的加冕礼都用过这个宝座。

还有座用黄金和宝石打造的"孔雀宝座"，前面两级台阶，中间是带有围栏的座位，几乎像张床。像古列斯坦宫里的大理石宝座，后背有光芒四射的太阳圆盘。据说这把"椅子"起初叫"太阳宝座"，阿里·沙因抱得"孔雀夫人"归，改称"孔雀宝座"。

我只看到纳迪尔宝座，没见那座传说中使用1150公斤黄金和230公斤宝石耗费数十年精心打造的"孔雀王座"。"孔雀王座"原属印度莫卧儿（Mughal），1739年纳迪尔入侵北印

纳迪尔宝座

世上最大的已琢磨过的钻石
"光之海"

度, 洗劫莫卧儿皇宫, 战利品包括著名的"孔雀王座"、"光之山"和"光之海"钻石。后来"孔雀王座"销声匿迹, 有说被纳迪尔熔毁黄金部分, 用其他宝石打造了新的"孔雀宝座"。具体细节, 恐怕永远成谜。

"光之海"如今何处? 非常幸运, 就在这座珍宝博物馆里。"光之海", 波斯语称"达亚—伊—诺尔"(Darya-i-nur), 是世界上最大的已琢磨过的钻石, 重 182 克拉, 即 36 克, 呈粉红色, 一面刻有阿里·沙的名字。在灯光的照射下, 正如她的名字, 像一片安静的粉色海洋, 仿佛所有的血雨腥风, 与她毫无关联。

·沙的"基亚尼"王冠

这颗钻石来自德干高原戈尔康达（Golconda）河谷的传奇钻矿，原石重达 787 克拉。打造出泰姬陵的莫卧儿国王沙·贾汗（Shah Jahan）得到后，将其琢磨成 300 克拉的高玫瑰花形钻石。钻石来到波斯后，纳迪尔又将其切割成两块。一块 182 克拉，称"光之海"；一块 60 克拉，称"光之眼"。1958 年，小巴列维结婚，请著名珠宝商哈里·温斯顿（Harry Winston）制作王冠，"光之眼"经重新打磨后镶嵌在王冠正中，四周陪衬钻石都是极品，如上方重约 10 克拉的黄色梨形钻石。"光之山"呢？几经转手，现为英国王室所有。

世人对"光之海""光之山"赞不绝口，却忽略了其间的血腥和暴力。"送你一颗光芒海"，敢说这句话的人，通常能搅得天下烽烟四起。我去过印度海德拉巴（Hyderabad）郊外的戈尔康达，现在有一座城堡，最初就是为保护钻石矿而建。

镇馆之宝要数 34 公斤重的珠宝地球仪，外框和基座用纯金打造，镶嵌 51366 颗红、蓝宝石，重达 3656 克。以祖母绿宝石为海洋、红宝石为平原，伊朗、中国、欧洲和东南亚诸国则用钻石镶嵌。地球仪只是艺术品，但如此奢侈的皇家玩具也不完全是无聊之作。据称恺加王朝的纳赛尔丁（Naser al-Din Shah）为保存散放的珍宝，于 1869 年命工匠制成珠宝地球仪和几顶镶满钻石的王冠。王冠放在展厅中央，显然也是珍品。

阿里·沙的"基亚尼"（Kiani）王冠、阿巴斯·米尔扎（Abbas Mirza）太子的王冠、纳迪尔羽毛状的王冠，尤其小巴列维加冕时所戴皇冠，镶有3380颗钻石、5颗绿宝石、2颗蓝宝石和386颗珍珠，恐怕是世上最昂贵的帽子。

珍宝馆所藏宝贝，令许多国家的博物馆望尘莫及。有人猜测，波斯帝国历史悠久，馆中展品只是冰山一角。相传"希波战争"时，薛西斯（Xerxes）乘坐的战船就以黄金做顶。

巴列维王朝建立后，这些珍宝成为王室财产。国王虽将部分归还国家，但仍有大量珍宝被王室占有。巴列维出走后，部分珍宝流失海外。1983年曾有14件伊朗珍宝被拍卖，一对耳坠的成交价为每只65万美元。

馆内不让拍照，但我看见有个中国人用录音笔边走边看边说边录。这倒是个好办法，如果用词准确，几乎能记住所有重要珍宝的特征。不过他一口北京腔，没见过实物的人，光听录音，没准会认为他正在吹破天。

chapter 17

哈马丹，米底国都

chuanyuo zhongya

伊米底古城

"哈马丹"，波斯语意为"聚汇之地"，建于公元前 1100 年，史学家认为这个时间还可以上推到公元前 3000 年。这里是通往小亚细亚的咽喉要道，也是丝绸之路上离罗马最近的一座波斯古城。

因地处积雪皑皑的扎格罗斯（Zagros）山谷边缘，所以又是避暑胜地，被大流士（Darius）打造成波斯帝国的夏都。后来，哈马丹又成了塞琉古王朝的政治中心。安息帝国时期，哈马丹不仅是王都，也是丝绸之路重镇。当年汉使甘英来访，安息人没告诉他，从此往西，就是通往罗马的陆上通道。哈马丹历经战火，公元 1222 年，被蒙古帝国的哲别（Jebe）和速不台（Subehedai）占领，又因重要的地理位置和良好的自然环境得以迅速复活。

希腊人告诉世界，哈马丹曾是米底（Medes）王国的都城埃克巴坦纳（Ecbatana），是一座用黄金铸就的城市。西方"历史之父"希罗多德描述，哈马丹城的建造者是米底王国的创始人戴奥塞斯（Deioces）。他是部落首领的儿子，自幼聪明，因主持正义，被选为仲裁者。登上王位后，强迫人们建造了埃克巴坦纳城，作为帝国新都。

希罗多德是活跃在公元前 5 世纪的希腊历史学家，西方文学的奠基人。他把旅途中的所见所闻和波斯帝国的传说故事记录下来，著成《历史》，成为西方第一部完整流传下来的散

米底古城遗址

文作品。但所录多为道听途说，未必真实。

他说波斯人介绍，埃克巴坦纳高墙厚壁，共有七圈，大圈套小圈，里面一圈比外面一圈高。最外圈城墙为白色，与雅典城墙相当，第二圈黑色，第三圈紫色，第四圈蓝色，第五圈橙色，第六圈银色，第七圈包裹黄金。戴奥凯斯的王宫，就坐落在镶嵌着黄金的中央王城里。这些记录，将哈马丹城描述成美轮美奂的童话世界，似乎幸福的人们经常在七彩圈里捉迷藏。

真的如此？哈马丹北面，就是赫格玛塔纳（Hegmataneh）山，有米底古城遗址。从建城时间来说，仅迟于彭吉肯特萨拉子目（Sarazm）和马雷的梅尔夫（Merv）。

当年米底人驾长车牵猎犬来到伊朗高原，因亚述帝国入侵，各部落走向联合，形成雅利安人最早的国家——米底王国。学界通常将戴奥塞斯的儿子弗拉欧尔特斯（Phraortes）当成王国的创始人，他征服波斯部落，在埃兰与亚述帝国作战时阵亡。其子基亚克萨雷斯（Cyaxares）继位，定都埃克巴坦纳，这就是希罗多德笔下的黄金城市。

善战的米底人将军队细化为步兵、骑兵和射手，组成能够协同作战的米底军团。公元前8世纪，亚述、米底和新巴比伦三足鼎立。为对抗亚述，米底和新巴比伦联姻结盟。新巴比伦国王尼布甲尼撒二世（Nebuchadnezzar II）迎娶米底公主。公主自小生活在伊朗高原，听惯了远山的呼唤，嫁到两河流域水土不服，郁郁寡欢。据说，尼布甲尼撒为博美人一笑，建造了著名的空中花园。政治联姻是古人常用的招数，这"一笑倾城再笑倾国"的故事原非中国独有。

公元前7世纪，米底和新巴比伦合力灭掉亚述。亚述人从此消失在历史的长河中，也有说散落在土耳其、叙利亚、伊拉克和伊朗境内的库尔德（Kurd）人就是亚述后裔。

米底人继续向西进攻，与吕底亚打了七年。公元前585年5月28日遇到日全食，正在厮杀的双方以为天降祸事，赶紧握手言和。接下来的历史，被波斯居鲁士大帝改写。

所谓米底古城遗址，也叫赫格玛塔纳城堡。有挖掘出来的纵横交错的泥砖建筑，标注了广场、院落、通道等设施。北边发现的哈夫特·帖尔（Hafte Tir）广场和古老壁垒，依稀可见米底和阿契美尼德时期的城郭风貌。里面有座浮桥,北门进,南门出。还有座博物馆,陈列着古堡出土文物。考古学家根据陶瓷器皿和金银书版推断,阿契美尼德时期的财库就在这里。安息、萨珊和伊斯兰时期,这里也是重要的军事基地。

事实证明,定居伊朗高原的米底人只会用泥砖建造城堡,并没有希腊人笔下的"七彩城"。有人分析,可能当时哈马丹人的聚居区,部落或种族间以墙隔离。这种蜘蛛网般的西亚民居,被没见过世面的希腊人当成海外奇谈。

有消息称,发掘出来的古城遗址不过冰山一角,大部分仍然深埋地下。值得注意,哈马丹西南岩壁上真的有一幅"藏宝书",可见传说并非空穴来风。

我这就出发,准备去探宝。

楔形文字"藏宝书"

现在的哈马丹是伊朗的重要城市,为农牧业中心、手工地毯和陶瓷艺术的天堂,同样令人惊叹。德国建筑师按六辐车

传说中的"藏宝书"

轮形状设计,六条马路由中心向外辐射。大概受到古代传说的
影响,环城路围成三个明显的圆圈,极富创意。

　　从米底古城出来,便打车去哈马丹西北郊阿尔凡迪
(Alvand)山岩壁上的"甘吉纳麦"(Ganjnameh),即传说中米
底王国的"藏宝书"。

　　阿尔凡迪山脚是公园,杂树芳花,绿意盎然;山顶则植
被稀疏,土色连天。迎面山岩上有两块方形凹陷,里面刻满楔

形文字，这就是流传很广的米底王国的"藏宝书"，就像中国通常所见的方形印章。

楔形文字（Cuneiform）也叫"钉头文字"或"箭头字"，起源于公元前3000年左右的青铜时代。当时生活在两河流域的苏美尔人（Sumerians）用泥板画图记录账目，所用文字线条笔直而呈三角形，因形如钉头或箭头而得名。楔形文字起初自上而下直行书写，后来改为从左向右横行书写，字符旋转90度，从直立变成横卧。由于右手执笔，从左而右横写，笔画粗的一头在左，细的一头在右。楔形符号共有500种左右，多有几重含义，其准确意思只能根据前后内容判断，19世纪后被陆续破译。

"甘吉纳麦"，波斯语意为"宝书"，长期以来，人们相信这两块楔形铭文中藏有找到米底王国神秘财富的线索。但楔形文字被解读后，才发现是大流士和薛西斯父子二人的"吹牛草稿"，或者称其为"大流士宣言"。旁边有波斯语和英语注解："伟大的阿胡拉·马兹达神啊，他创造了大地，创造了天堂，为人民谋得幸福，他使大流士成为众王之王，世界之王。我是伟大的大流士王，众王之王，万国之王，天地之王，阿契美尼德希斯塔斯佩斯（Hystaspes）的儿子。"

右下方是大流士的儿子薛西斯铭文，除了将大流士改为薛西斯，其他字符基本没变。从这段铭文来看，这二位帝王的"简介"倒真是直白得可爱。就算出于宣传需要，广告词写得真不怎么样。这恐怕是世界上最早的"国王名片"，只是头衔有点多。

大流士在位期间是阿契美尼德王朝的黄金时代，也是伊朗历史上最为强大的帝国。除这段"大话"，他还在贝希斯敦（Bagastana）小村庄的石壁上刻了著名的"贝希斯敦铭文"，为自己平定叛乱歌功颂德。他自称"王中王，所有大陆的王"，被后人尊为"铁血大帝"。"薛西斯"，波斯语意为"战士"，他子承父业，率大军进攻希腊，洗劫雅典。可是他也未能征服希腊，"萨拉米海战"失败后，阿契美尼德王朝趋于衰落。薛西斯最后死于宫廷政变，基督教认为他可能是《圣经》中提到的波斯国王"亚哈随鲁"（Ahasuerus）。

"藏宝书"再往西几步，为甘吉纳麦瀑布。瀑布不大，但因为水资源稀缺，对当地人来说，已经是罕见的奇观了。他们在瀑布前流连忘返，戏水合影。

虽然是初夏，当微风吹过时，凉意袭人。所谓夏都，倒也名副其实。回程直接去城东南看"哈马丹石狮"（Shir-e-Sangi）。石狮广场是座公园，百花吐艳，绿树成荫。巨大的石狮子爬在方形基座上，面目很模糊，隐约可辨狮子模样。石狮是哈马丹的标志，相传为阿契美尼德或安息帝国的遗物，或由亚历山大的工匠雕成，用以纪念马其顿一位阵亡将领。过去石狮安放在哈马丹的一座城门前，公元931年，席亚尔家族（Ziyarid）的马尔德·阿维奇（Mard Avij）占领哈马丹后，砸了石狮爪子，1949年才将石狮安置到这里。

石狮公园往西北1.5公里，就是伊本·西纳（ibn Sina）陵墓。陵墓建于1953年，前面是园林，后面平房为博物馆和陵墓，屋顶有座贡巴德·卡布斯（Gonbad-e Qabus）式样的空心尖塔。

伊本·西纳是税务官的儿子，西方人称他为"阿维森纳"（Avicenna）。他于980年出生在布哈拉（Bukhara）附近，所以乌兹别克斯坦和塔吉克斯坦都将他当成自己的科学家。他从小受到良好的教育，十岁能背诵全部《古兰经》，是"精通多学科"的天才，在哲学、文学和医学等领域成绩斐然，著述颇丰。《哲学、科学大全》是当时最高水平的百科全书；《医典》约100万字，直到17世纪还被西方国家当作教材。

他生活的年代相当于中国北宋。当时的中国经济繁荣，文化鼎盛，活字印刷术、黑火药和指南针被发明，沈括完成他的科学著作《梦溪笔谈》。而这个时期的欧洲，骑士们更愿意跑到教堂里唱赞美诗。

与同时代的中国文人墨客相比，伊本·西纳命途多舛，当时阿拉伯帝国四分五裂。他先后经历过阿拔斯（Abbasid）、萨曼（Samanid）、加兹尼（Ghaznavid）、布韦希（Buwayhid）等王朝，虽然为国王服务也会带来名誉、金钱和研究的机会，但因社会动荡和被人陷害，一生颠沛流离甚至入狱。公元1037年，阿维森纳随统治哈马丹的布韦希亲王沙姆斯（Shams al-Dawlah）出征时死于腹绞痛。

伊朗人向来敬重科学家，又逢公众假期，阿维森纳博物馆人流如织，摩肩接踵。博物馆中央有块写着阿拉伯语祈祷词的石板，下面就是阿维森纳灵柩，旁边是他早期的纪念碑。周围有文字和图片介绍，还有许多草药标本和医疗器械，墙上挂着漫画式的手术场景，如阿拉伯医生正在移除病人舌头上的囊肿画面，颇有意趣。

波斯医学与中医相似，使用许多当地草药，如车前、艾蒿及矿物类药物。据说阿维森纳做过一个关于心理学的试验，以证明不良环境对生命状态的影响：选两只体质近似的小羊，一只与狼为邻，一只寂然独居，结果与狼为邻的小羊日趋憔悴直至死亡。

314

室内有他的肖像画，许多人挤在这里拍照。我很快就成了明星，被当地人拉着合影。

最后的犹太人

虽然现代伊朗和以色列关系紧张，但哈马丹有一座犹太圣墓，我决定去探访。出租车左转右转，最终停在夏里阿特（Shari 'ati）大街。据说这里曾是犹太人社区，现在的建筑基本伊斯兰化，没有明显的犹太特征。

院子里有几丛玫瑰，深红和粉红竞相斗艳。犹太圣墓是砖石结构的圆顶建筑，看起来比较简单。旁边有座奇怪的雕塑，两个错落叠放的三角形，这就是犹太教和犹太文化的标志大卫王之星，以色列国旗正中的图案也是这种象征国家权力的蓝色六角形。

入口低矮而神秘，就像山洞。洞口有石门，门上有小孔，孔内有机关。守墓人年逾六旬，身形消瘦，行动利落。他打开锁，转动铁条，露出小孔，启动机关，沉重的石头门往里洞开。我脱了鞋，跟在他后面猫腰进入圣陵，同时进来的还有对情侣模样的波斯人。这里只是纪念堂，铺着地毯，两边摆着椅子。墙壁有希伯来文（Sabra）书写的"圣经十诫"，以古波斯文书写第一诫"爱你的邻居"尤其醒目。

室内有道低矮的门，里面才是墓穴。守墓人打开锁，做了一个请的手势。

犹太圣墓其实是以斯帖（Ester）和她养父马尔杜查（Mordechai）的陵寝。两张雕满花纹的褐色台座上放着灵枢，表面覆盖红布。模样都差不多，近门为马尔杜查，里面则是以斯帖。

守墓人告诉我，圣墓里面的石门、梁柱、天窗等都是2000多年前的原物。以斯帖和马尔杜查墓是犹太人在伊朗最重要的朝觐圣地，全世界犹太人常来这里朝拜。

《旧约·以斯帖记》载，薛西斯在位时，犹太少女以斯帖被选为皇后，但很快失宠。其养父马尔杜查因为不肯向当时的宰相——他的宿敌阿拉伯人哈曼（Haman）先鞠躬，这宰相肚里撑不了船，于是怀恨在心，奏请杀死所有犹太人，薛西斯居然准奏。哈曼抽签决定在犹太教历十二月，即"阿达尔月"（Ader）13日杀犹太人。以斯帖别无选择，禁食三天，号召所有犹太人也这样做，以示忏悔。她随后觐见国王，揭发哈曼的阴谋。

哈马丹石狮

薛西斯改变旨意，下令将哈曼等人处死，犹太人又躲过一劫。

公元前6世纪，犹太人两度被新巴比伦国王尼布甲尼撒二世征服。公元前587年，巴比伦第二次进军耶路撒冷，将犹太大批民众、工匠、祭司和王室成员掳往巴比伦，这就是历史上著名的"巴比伦之囚"。从古到今，犹太人总是难逃被征服的命运。

居鲁士灭新巴比伦，发布文告，释放4.9万犹太人回归故国，允许他们在耶路撒冷重建圣殿。他还把尼布甲尼撒二世从耶路撒冷耶和华圣殿里掠夺来的 5400 件金银器皿交给犹太人带回，一部分不愿回归的犹太人继续生活在波斯境内，哈马丹就是他们最早的定居点，宽容大度的居鲁士因此被《圣经》称为"上帝的工具"。

这件事记录在著名的居鲁士圆柱上，是最早关于宗教和民族平等的法令，世人称其为第一部"人权宪章"。

伊朗宪法规定："伊朗的国教为伊斯兰教，属十二伊玛目派，这是永不变更的原则。而伊斯兰教其他支派……均受到宪法尊重，这些学派的信徒可以根据自己的法学规定，在举行自己的宗教仪式方面拥有完全自由。""信仰拜火教、犹太教、基督教的伊朗人只作为少数宗教信仰而被承认，在法律范围内拥有履行其宗教仪式的自由，在个人事务和宗教教育中可以根据其教规行事。"

我问守墓人，哈马丹现在有多少犹太人？他说，德黑兰、设拉子和伊斯法罕约有 7 万，哈马丹现在只有 5 个家庭 15 个人。他们是哈马丹最后的犹太人，和亚兹德的拜火教徒一样，一直坚持他们的信仰。以色列曾呼唤世界各地犹太人"回家"，但是，以色列前总统卡察夫（Katsav）就出生于伊朗。

犹太教将每年的阿达尔月 14 日定为"普珥节"（Purim）。"普珥"意为"许多"，因为哈曼在决定杀光犹太人的那天扔出许多签。普珥节是犹太历法中最欢乐的民间节日，庆祝方式包括饮酒欢宴、盛装假面、施舍和互赠食品等，而在 13 日，正统犹太教徒会禁食。

犹太人的休息日叫"安息日"（Sabbath）。根据《旧约》，星期六是上帝创世后的第七天，于此日休息。星期五日落开始，星期六日落结束，这个时间段犹太教徒会点蜡烛。

守墓人喜欢收集各国硬币，向我伸手索要。但我身边已经没有中国硬币，只好往捐款箱里塞了 5 万里亚尔。

chapter 18

大不里士，西北门户

chuangguo   zhongya

世界第一大巴扎

巴扎是波斯帝国的特产，世界十大巴扎，七个在伊朗。大不里士巴扎位居榜首，次则大马士革，第三是伊斯法罕，第四为马什哈德，第五在伊斯坦布尔，德黑兰巴扎排名第六。大不里士巴扎作为古丝绸之路珍贵的老市场，被联合国教科文组织于 2010 年列为世界文化遗产。

从哈马丹到大不里士约 520 公里，乘公共巴士得花上大半天时间。大不里士是丝绸之路通往欧洲的门户，从里海吹来的风，使大不里士变得温润而宜居，因而成为伊朗人的度假天堂。从此往西，穿越小亚细亚，就是欧洲大陆。实际上，丝绸之路也到此为止，没有人能从长安直达罗马，或者从罗马直达长安。就算在鼎盛时期，波斯人垄断了交易，将大不里士打造成重要的商品中转基地。而从商业成本来说，中转贸易显然更为划算。

大不里士始建于阿拔斯王朝时期，据称阿拉伯故事《一千零一夜》多以此为背景。公元 1258 年，成吉思汗的孙子旭烈

大不里士巴扎中的雕塑

兀（Hulegu）攻克巴格达，阿拔斯王朝的哈里发，沦为埃及马穆鲁克（Mamluk）的傀儡。旭烈兀建立伊儿汗（Ilkhanate）国，定都马拉格（Maragheh），后迁至北方大不里士。

伊儿汗国第七代国王合赞汗（Ghazan Khan Mahmud）时期，大不里士学者荟萃，伊斯兰文化空前昌盛。统治者建起许多清真寺和宗教学校，将其打造成什叶派、苏菲派学术中心和欧亚经济文化的桥梁。14 至 18 世纪，来自中亚的土库曼（Turkmen）部落建立的黑羊（Kara Koyunlu）、白羊（Ak Koyunlu）和萨法维王朝，先后定都大不里士。第二次世界大战期间，大不里士成为苏联实际控制的阿塞拜疆共和国的首府。

中国古书称大不里士为"桃里寺"，听起来像座庙宇，也有译作"帖必力思""低廉"者。马可·波罗曰："大不里士人，实以工商为业。缘其制作多种金属织物，方法各别，价高而奇丽也。"

大不里士值得驻足的古迹是位于哈加尼（Khaqani）花园里的蓝色清真寺、几座博物馆和诗人纪念馆。蓝色清真寺是黑羊王朝时期的建筑，曾被誉为"伊斯兰绿松石"，如今只剩"残缺的美"。修复后的清真寺仅有星星点点的蓝色碎片，有点名不副实。

诗人纪念塔底层大厅是诗人陵墓，据称已有千年历史，包括大不里士传奇诗人沙赫里亚尔（Shahriar）在内的50多位波斯诗人、神秘主义者、科学家和神学家在此安息。

从诗人纪念塔出来，碰到一位中学英语老师，与之相谈甚欢。她叫瓦希德（Vahide），开辆半新汽车，带着她最小的妹妹。原本想邀请我去她家，但家中来客，就带我去逛巴扎。她可能刚学会开车，或是拉了我这个外国人有些紧张，起步停车总是熄火，甚至掉进坑里。路边有个嬉皮笑脸的家伙装作祈祷的样子，见车子跳出来，幸灾乐祸地嘲弄："嗷，别再掉下去啊，哈哈。"

在巴扎里绕来绕去，找到一家用土耳其浴室改成的茶屋，我们便进去小坐。华丽的拱形顶，周围以柱子相隔，每隔段放张床，中间是八角形水池，忽尔会喷出一股水柱，水池里面还有几条金鱼。邻座一男二女，正在喷云吐雾，似乎和瓦希德相熟，看到我这个外国人，友好地打招呼。

茶屋是伊朗人休闲娱乐的场所，女人尽可能将头巾散开，露出精心打理过的头发，不时呼噜呼噜地吸上两口水烟（Hookah），让我大开眼界。对伊朗人来说，抽水烟是他们的传统生活，他们不仅在茶屋烟馆抽，家里也备水烟壶。伊朗水烟

诗人纪念塔

壶融合铜雕和细密画，由烟瓶、烟壶、烟盘、烟碗、烟嘴和细软的烟管组成，工夫尽在烟瓶和烟壶上，本身就是艺术品，是"舞蹈的公主和蛇"。文人笔下的水烟颇有灵性："腾云驾雾间，水迷烟醉中，经典的时光恍若倒流，仿佛回到遥远的过去。"

水烟由鲜烟草叶、干水果肉和蜂蜜等制成。不过，女孩子毫无顾忌地喷云吐雾，我还是有点奇哉怪也。她们倒很大方，吸上一口，再轻轻吐出来。烟雾弥漫开来，有股呛人的香味，一位女孩得意地让我拍照。瓦希德揶揄道："她们抽的不是烟，而是一种存在。"我半天才反应过来，不禁失笑。

出了茶屋，与瓦希德姐妹钻进迷宫样的巴扎里。大不里士巴扎是世界最大的有顶集市，占地约7平方公里，有24家独立的商业旅馆和22个圆顶大厅。经营区域严格细分，有地毯丝绸、玉石珠宝、服装鞋帽、食品果蔬、日用百货等，以及清真寺、餐馆、浴池等配套设施。巴扎历经千年，萨法维时期空前繁荣，17世纪归于沉寂，但一直是重要的商业中心。

居然看到许多蜂蜜和蜂巢。瓦希德说："马拉格附近曾是蒙古人的牧场，养蜂业当然也繁荣，所以大不里士蜂蜜蜂巢小有名气。"

穿梭在砖砌的石墙与穹顶构成的走廊里，地毯、锡器、细密画，从金玉珠宝到日用杂货，从昂贵的手工地毯到质优价廉的中国货，琳琅满目，应有尽有。这些商品将伊朗农村、小镇与城市联结起来，融合多种社会文化和经济模式，是人们日常交流的场所，也是伊朗传统生活的缩影。

在地毯商场，瓦希德说："大不里士是伊朗最早、最古老的地毯出产地，全国出口的地毯半数来自这里。"波斯地毯名闻天下，是伊朗的招牌。编织波斯地毯只能用羊毛和真丝，以天然颜料染色，如从石榴皮提取淡黄色、从核桃皮提取红褐色，制作工艺严格，价格自然也不菲，纯正的手工波斯地毯每平方米要1000—2000美元。

晚餐时分，我提议去网红店吃烤肉。瓦希德说既贵又不好，带我去稍远点儿的地方。我自然没有异议。她为了让我领略大不里士的风貌，特意经过《古兰经》博物馆、城市博物馆、浴室博物馆和对外贸易中心等地标建筑。

妹妹今年18岁，在大不里士大学读计算机信息专业。她有些腼腆，只是微笑。姐姐去停车，我和她说话，但她几乎不能开口，急得抓耳挠腮。

餐位就像东北的"炕"，"炕"上有方桌。谦让一番，我们便上"炕"。姐妹花半跪,我则盘腿而坐。"烤巴巴"种类很多,她为我点了"烤彼得"(Kubide)。好像约定俗成,伊朗人吃烤肉几乎都配酸奶酸黄瓜,则要了本地可乐。

"大不里士的工资水平如何?"我随口问。

"好可怜啊,我的工资只有600万里亚尔。"她摇头苦笑,高中英语老师应该是中产阶级吧?薪水约合人民币1200元,相对于中国,确实偏低。她补充:"钱虽然不多,但在大不里士还可以。"

"大不里士的房价如何?"我忍不住又问。

她想了想,认真地说:"巴扎附近每平方米约1300万里亚尔。"这可是最好的地段,约合人民币2600元。大不里士为伊朗第四大城市,对瓦希德来说,三个月工资能买一平方米,我所知道的德黑兰市区的房价超过人民币1万元。

"你去过那么多地方,是不是有很多很多钱?"

"我是背包客,以最经济的方式旅行,我们自己叫穷游。"

"穷游?国际大酒店可是我们这里最贵的地方呀。"

"被逼无奈嘛。你知道,别的旅馆都没有房间。"我表示委屈。

她用手指推了推眼镜,笑意盈盈:"哦?是的是的,明天是伊朗的公众假期,许多人来大不里士度假。"里海的风吹过河谷,六月的大不里士依然凉爽,所以是伊朗人的度假天堂。

而且大不里士与土耳其、高加索接壤，也要接待许多域外来客。

我问："你敢不敢独自旅行？"

她将头摇得像拨浪鼓："我们可不行，一定要有家人陪着才能出去。"怪不得她们对我单独出行充满好奇。显然，她几乎不可能实现"一次说走就走的旅行"。

我告诉他，中国有个成语叫"秀色可餐"。勉强用英语说出来，估计她听成"漂亮的女人能当烤巴巴吃"，翻译给妹妹听，两人哈哈大笑。

波斯神话里，神用玫瑰、蛇、鸽子、蜂蜜、死海之水、苹果及泥土捏出了女人。所以，在波斯人眼里，一个完美的女人身上，可找到玫瑰的娇艳、蛇的慧黠、鸽子的温柔、蜂蜜的甜美、水的灵魂、苹果的清香和泥土的温存。

说到大不里士、丝绸之路、中国商品，伊朗与中国隔着帕米尔高原和中亚走廊，居然还有如此紧密的联系，而且从古至今没有断绝。从西汉的张骞到自由旅行的我，这期间的渊源真是剪不断、理还乱。

餐费120万里亚尔，因为提前声明由我来结账，瓦希德没再争执。回程时又特意经过大不里士大学，再送我回宾馆。

"我觉得，'在大不里士的家中'，不断成为我习惯性的用词；只要我没有喝尽夏兰达布（Charandab）和加吉尔（Ghajil）的水，血泪将从我的眼中流下。"那位苦盏籍的苏菲派诗人卡马尔（Kamal Khujandi）最终长眠于大不里士，梅赫兰（Mehran）河畔有他的两座纪念碑。

后记：穿越中亚

说到中亚，第一印象就是大漠草原和丝路驼铃。让人想起汉武雄风和盛唐军功，想起神秘的粟特商队和沙漠驿站，想起纵马扬鞭逐水草而居的游牧民族。所有这些，如今依然能够看得见，摸得着。

事实上，正是从这片草原走出来的各个民族，创造了鲜活的人类文明史。因为欧洲人、波斯人、印度人，都源自雅利安游牧部落。从有记载的历史来看，早期的雅利安人从中亚草原开始，向西向南征服欧亚大陆，创造了不同于当地居民的新文明。

世界进入文明时代后，塞人、乌孙、月氏、匈奴、鲜卑、柔然和蒙古等驰骋在中亚草原上的游牧部落，更是与周围文明古国的定居民族发生了激烈的交往交流交融。中世纪以后，中亚民族虽然多元，但基本可分为突厥语族和波斯语族。今天的中亚诸国，哈萨克、吉尔吉斯、乌兹别克和土库曼属突厥语族，塔吉克属于波斯语族。而曾经横扫欧亚的蒙古人，已经变成当地少数民族了。

从宗教信仰方面来说，对中亚影响最深远的是伊斯兰教，因为现在中亚各民族，绝大多数信奉伊斯兰教；从传统文化方面来说，影响最深的是突厥和波斯，中亚多数人不外乎突厥语族和波斯语族；而政治氛围明显深受苏联影响，日常生活更加世俗。曾经活跃在丝绸之路上的粟特人，如今在撒马尔罕、布哈拉人身上，还能见到他们的影子。

与以前富庶的商业王国相比，从长安到中亚到伊朗，现在的丝绸之路沿线国家还在发展中，正在努力寻找宗教和传统新的平衡并步入现代文明。

值得赞许的是，在中亚旅行，你会发现虽然基础设施有所落后，但城市整洁，物价平稳，民风淳朴。在这条路上，我们可以追寻古代游牧民族和丝绸之路的踪迹，塞人的金武士、安国的石榴、康国的金桃、史国的舞女、波斯的狮子……

从七河流域到河中地区，再到伊朗高原，我的行程超过万里。全程行经6六个国家，18座城市，16处世界文化遗产。我前后两次往返，深度体验不同国家、不同民族、不同家庭的传统文化和日常生活。可以说，这种今古错综，数码信息和草原牧歌的交响曲，就是最精彩、最传奇的丝路画卷。

从中国到中亚，再穿过伊朗高原，我的写作更注重"以现在的眼光审视过去，从历史的角度观察现在"，没有太多插科打诨与客途秋恨。我这本书且行且记且思，是丝绸之路文化地理见闻，也是丝绸之路文化旅游攻略。在游历和写作过程中，曾得到撒马尔罕、杜尚别、哈马丹等地朋友和专家的热情帮助和指点，在此致谢！

2023 年 7 月